Knut Krüger

ALLES FUSSBALL!

cbj

OFFICIAL MATCH BALL
EURO2016
FRANCE
adidas

Knut Krüger

ALLES FUSSBALL!

Das aktuelle Buch zur EM 2016

cbj

Der Verlag weist ausdrücklich darauf hin, dass im Text enthaltene externe Links vom Verlag nur bis zum Zeitpunkt der Buchveröffentlichung eingesehen werden konnten. Auf spätere Veränderungen hat der Verlag keinerlei Einfluss. Eine Haftung des Verlags ist daher ausgeschlossen.

FSC
www.fsc.org
MIX
Papier aus verantwortungsvollen Quellen
FSC® C106600

Verlagsgruppe Random House FSC® N001967

1. Auflage 2016

Lektorat, Bildredaktion und Koordination:
interconcept Medienagentur, München
Gestaltung und Satz: Keysselitz Deutschland GmbH (für interconcept)
Umschlaggestaltung: init Kommunikationsdesign, Bad Oeynhausen
Umschlagfotos: siehe Bildnachweis
AW • Herstellung: AJ
Druck: DZS Grafik
ISBN 978-3-570-17287-2
Printed in Slovenia

www.cbj-verlag.de

Vorwort

Die 15. Fußballeuropameisterschaft in Frankreich wartet mit einigen Neuerungen auf. Das Teilnehmerfeld wurde von 16 auf 24 Mannschaften aufgestockt. Statt 31 gibt es nun 51 Spiele, die statt der bisher üblichen drei Wochen einen vollen Monat lang Spaß und Spannung bieten werden.

Auch der Turniermodus ist neu. Gespielt wird in sechs Vierergruppen, wobei sich die Gruppenersten und -zweiten sowie die vier besten Gruppendritten für das Achtelfinale qualifizieren. Ein frühes Favoritensterben ist damit so gut wie ausgeschlossen.

Doch fällt es ohnehin schwer, einen Topfavoriten auf den Titel auszumachen. Dem deutschen Team als amtierendem Weltmeister und klassischer Turniermannschaft werden natürlich beste Chancen eingeräumt. Gastgeber Frankreich wird vor heimischer Kulisse alles daransetzen, nach 1984 und 2000 zum dritten Mal die europäische Krone zu erringen. Und die Spanier wollen nach ihrem desolaten Auftritt bei der WM in Brasilien zeigen, dass mit ihnen wieder zu rechnen ist.

Sie alle verbindet die Hoffnung auf ein vierwöchiges völkerumspannendes Fest im Zeichen des Fußballs. Und jeder Fan freut sich schon jetzt darauf, mit Gleichgesinnten über spektakuläre Treffer, haarsträubende Torwartfehler und umstrittene Schiedsrichterentscheidungen zu diskutieren. Dann heißt es endlich wieder »Alles Fußball« oder: Die Party kann beginnen!

Inhaltsverzeichnis

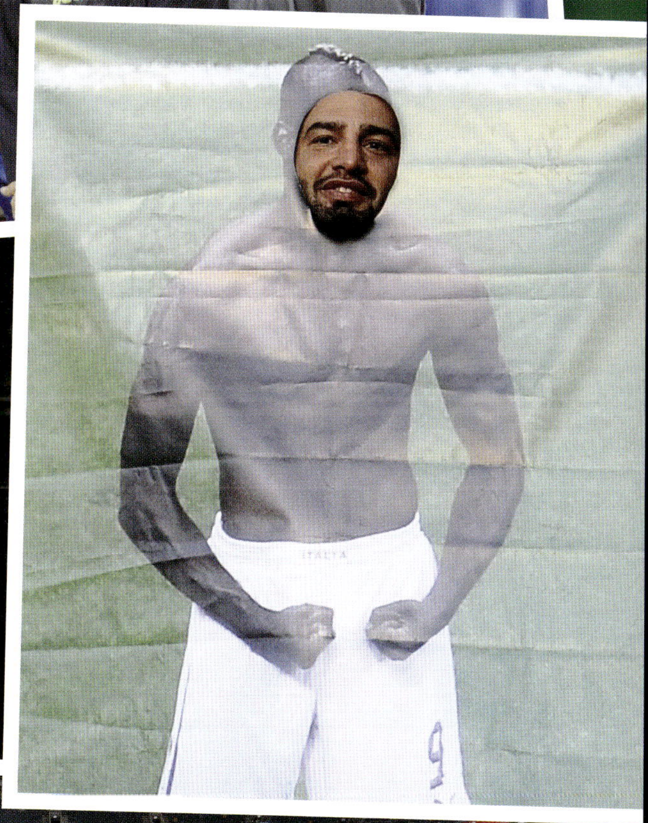

WIR

Technik, Taktik und Geschichte

Was haben sich die Menschen nicht schon alles ausgedacht, um einen Grund zum Kicken zu haben. Mal gehörte der Fußball zur militärischen Ausbildung der Soldaten, mal diente er Königen wie Untertanen als Zeitvertreib. Und während die Ureinwohner Nordamerikas beim Strandfußball quasi Haus und Hof verspielten, mussten die unterlegenen Kicker in Mittelamerika befürchten, zur Strafe den Göttern geopfert zu werden.
Im Übrigen müssen unsere fußballbegeisterten Vorfahren schon erstaunliche technische Fähigkeiten gehabt haben. Die kalifornischen Indianer sollen stark im Dribbling gewesen sein, beim japanischen Kemari wurde kunstvoll der Ball hochgehalten und beim lateinamerikanischen Ulami mussten die Spieler ihn zielsicher durch einen winzigen Steinring bugsieren.
Schauen wir also erst mal, wie das alles begann mit der »schönsten Nebensache der Welt«.

Wie alles begann

1 China

»Ein Ball, gemacht aus Leder, gefüllt mit irgendwas, damit man ihn umherkicken kann, zur Erholung, wenn man Zeit dafür hat.« So beschreibt eine alte chinesische Überlieferung das Fußballspiel. »Ts'uh Küh« nannten die Chinesen vor 4000 Jahren diesen Zeitvertreib, dessen Regeln in einem Handbuch mit 25 Kapiteln zusammengefasst waren. Als Tor diente ein seidenes Netz mit einer nur 30–40 cm breiten Öffnung, das zwischen zwei Bambuspfählen aufgespannt wurde.

2 Ägypten

Schon die alten Ägypter jonglierten mit Fuß und Oberschenkel einen Ball. Das sieht man auf 4000 Jahre alten Zeichnungen. Nach welchen Regeln gespielt wurde, ist allerdings nicht bekannt.

3 Mittelamerika

Schon 1500 Jahre vor unserer Zeitrechnung wurde in dieser Region mit einem Ball gespielt. Allein in Mexiko sind über 600 antike Ballspielplätze erhalten geblieben. Beim »Ulama« versuchten die Spieler, einen Kautschukball mit der Hüfte, dem Po oder den Knien durch einen kleinen steinernen Ring zu befördern, was große Geschicklichkeit erforderte. Bei den Maya war dieses Spiel allerdings weder Sport noch Freizeitvergnügen, sondern eine religiöse Handlung zu Ehren ihrer zahlreichen Götter – mit tödlichem Ausgang für die Verlierer: Sie wurden als Menschenopfer von den Stufen der Tempelpyramiden gestoßen.

5 Altes Rom

»Harpastum« nannten die alten Römer das Spiel mit dem Ball. Es war wohl auch so eine Art »Raufball« und wird oftmals in Verbindung mit dem Ringkampf erwähnt. Die römischen Legionäre brachten dieses Spiel auf ihren Eroberungszügen in alle Teile Europas, wo es sich in verschiedene Richtungen weiterentwickelte.

4 Griechenland

Der Philosoph Platon (428 – 348 v. Chr.) nannte dieses Spiel »Schlacht um den Ball«, im klangvollen Altgriechisch »Sphairoma Chia«. Es muss wohl auch ziemlich wüst zugegangen sein, wenn die jungen Athener oder Spartaner »um eines Balles willen übereinander herfielen und sich schlugen«. Auch König Alexander der Große soll ein begeisterter Ballspieler gewesen sein.

6 Japan

»Kemari« heißt das seit dem 8. Jahrhundert bekannte Kreisspiel, das Teil einer kultischen Zeremonie war. Dabei versuchten die in prächtige Seidenkimonos gehüllten Spieler, einen federleichten Ball möglichst lange in der Luft zu halten. Teilnehmen durften nur die Minister und Mitglieder des Hochadels. Noch heute gibt es in der Kaiserstadt Kyoto zwei Kemari-Klubs, die diese alte Tradition pflegen.

7 Nordamerika

Die Indianer Nordamerikas spielten schon vor Jahrhunderten am Strand gerne Beachsoccer. Und damit das Spiel auch einen Namen hatte, nannten sie es ganz einfach »Pasuckquakkohowg«. Pro Mannschaft traten 30–1000 Spieler gegeneinander an. Es gab Tore und eine Mittellinie. Meist spielte Dorf gegen Dorf und wer verloren hatte, musste der gegnerischen Mannschaft verschiedene Güter aushändigen. So wechselte am Ende einer Partie »Pasuckquakkohowg« jede Menge Eigentum die Besitzer.

8 Deutschland

Wenn unsere Vorfahren im Mittelalter Lust zum Kicken verspürten, spielten sie Osterball, bei dem die Kirche quasi als Mittellinie fungierte. Mannschaft A schoss den Ball zunächst so hoch und weit wie möglich über die Kirche. Mannschaft B fing den Ball auf und versuchte dann, ihn irgendwie durch das gegnerische Stadttor zu befördern, was Mannschaft A natürlich verhindern wollte. Leider entwickelten sich solche Spiele oft zu regelrechten Schlachten, sodass man sie irgendwann sicherheitshalber nach außerhalb der Stadtmauern verlegte.

10 England

Im Jahr 1174 trugen Londoner Jugendliche während der Fastenzeit ein fußballähnliches Spiel aus, das bald zahlreiche Nachahmer fand. Dabei ging es dann aber offenbar so brutal zu, dass die Könige Englands und Schottlands sich mehrfach gezwungen sahen, dieses Spiel gesetzlich zu verbieten. Eine Schrift von 1583 warnt ausdrücklich vor dieser »blutigen, mörderischen Beschäftigung«. Erst 300 Jahre später gelang es, Ordnung in die Ballraufereien zu bringen: Mit der Gründung der Football Association im Jahr 1863 in London und der Erstellung eines ersten umfassenden Regelwerks schlug sozusagen die Geburtsstunde des modernen Fußballs.

9 Italien

Noch heute wird in Florenz alljährlich am 24. Juni der Calcio Storico (historische Fußball) gespielt, der eine Mischung aus Fußball und Rugby ist. Während der Herrschaft der Medici im 15. und 16. Jahrhundert gehörte der »Calcio« – was sowohl »Fußball« als auch »Fußtritt« bedeutet – zum Standardprogramm festlicher Ereignisse. Jedes Team zählte 27 Spieler und erlaubt war so ziemlich alles. Der Schiedsrichter achtete nur darauf, dass mit »nicht kriminellen« Mitteln gespielt wurde.

Entwicklung der Fußballregeln

1846 Studenten der Universität Cambridge verfassen die ersten Fußballregeln. Danach bestand eine Mannschaft aus 15 bis 20 Spielern.

1863 Gründung der Football Association (FA) in London. Eine der ersten Regeln lautete: »Das Spielen ist nur mit dem Fuß zulässig. Getreten werden darf nur nach dem Ball.«

1864 Spielkleidung: Die Hosen müssen die Knie bedecken, die Mützen mit Quasten versehen sein.

1865 Begrenzung der Torhöhe mit einer auf der Höhe von 2,44 m angebrachten Schnur.

1866 Einführung von Eckball und Freistoß. Erste Abseitsregel: »Ein Spieler ist dann im Abseits, wenn er bei der Ballannahme weniger als drei Gegner vor sich hat.«

1870 Die FA beschränkt die Anzahl der Spieler pro Team auf elf. Im Bild: Manchester United 1970. ▼

1871 Nur der Torhüter darf den Ball mit der Hand spielen, muss ihn aber nach zwei Schritten wieder freigeben.

1874 Einführung des Schiedsrichters. Im Bild: Schiedsrichterin Bibiana Steinhaus zeigt Sylvano Comvalius die gelb-rote Karte, 2014. ▼

1875 Die Latte ersetzt die Schnur als obere Torbegrenzung. Einführung von Halbzeitpause und Seitenwechsel.

1877 Einführung des Platzverweises.

1978 Der Schiedsrichter erhält eine Trillerpfeife.

1891 Der Strafstoß wird eingeführt. Der Torhüter darf sich dem Schützen dabei bis auf 5,5 Meter nähern. Im Bild: Hansi Kreische verwandelt gegen den chancenlosen Belgrader Torwart Curkovic einen Strafstoß zum 4:0, 1970. ▼

1896 Neue Regel in Deutschland: »Das Spielfeld muss frei von Bäumen und Sträuchern sein.«

1906 Der Ball muss von nun an aus Leder bestehen.

1939 Einführung von Rückennummern. Im Bild: Paul Breitner bei der WM 1982. ▼

1965 In England wird die Auswechslung eingeführt. Pro Spiel darf ein verletzter Spieler ausgetauscht werden.

1970 Bei der Fußball-WM in Mexiko werden erstmals gelbe und rote Karten eingeführt. Das Elfmeterschießen nach Verlängerung bei Gleichstand ersetzt den bis dahin üblichen Münzwurf, um über Sieg und Niederlage zu entscheiden.

1970 Der DFB lässt offiziell Frauen zum Fußballspiel zu.

1983 Rote Karte für die »Notbremse«.

1991 Einführung der gelb-roten Karte als abgestufter Platzverweis.

1992 Der Torhüter darf den Ball nach einem Rückpass nicht mehr mit der Hand aufnehmen.

1996 Das »Golden Goal« (das erste Tor in der Verlängerung entscheidet das Spiel) wird erstmals bei der EM eingeführt und verhilft Deutschland zum Titel.

2002 Das »Golden Goal« wird vom »Silver Goal« abgelöst: Die Mannschaft, die nach der ersten oder zweiten Halbzeit der Verlängerung mehr Tore geschossen hat, gewinnt das Spiel.

2004 Abschaffung des Silver Goals.

2013 Sogenannte Turban-Regel der FIFA: Spielerinnen und Spieler dürfen aus religiösen Gründen eine Kopfbedeckung tragen, also einen Schleier oder einen Turban.

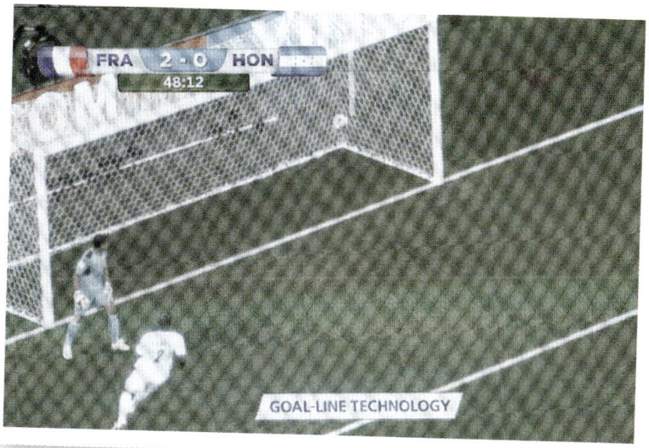

2014 Bei der WM in Brasilien kommt erstmals die sogenannte Torlinientechnologie zum Einsatz. Im Bild: Tor zum 2:0 von Frankreich gegen Honduras, Beweis mit Goal Line Technology, 2014. ▲

Sprichst du Fußball?

»Fußball ist ding, dang, dong«, verkündete einstmals der italienische Startrainer Giovanni Trapattoni. »Es gibt nicht nur ding!«

Doch nicht nur der Fußball entwickelt sich weiter – auch die Sprache von Trainern und Reportern scheint immer komplizierter zu werden. Höchste Zeit also, das Ding zu erklären, das Dang zu erläutern und dem Wesen des Dong auf den Grund zu gehen. Damit wir zumindest eine grobe Ahnung haben, wenn mal wieder von falschen Neunern und abkippenden Sechsern die Rede ist, die Passquote eines Spielers gelobt oder die Kompaktheit einer Mannschaft hervorgehoben wird.

Falscher Neuner

»Neuner« nannte man früher den klassischen Mittelstürmer, der im Strafraum auf Gelegenheiten zum Abschuss lauerte. Ein »falscher Neuner«, z. B. Lionel Messi, lässt sich hingegen oft ins Mittelfeld zurückfallen, um dort am Kombinationsspiel teilzunehmen und immer wieder in die Spitze zu stoßen.

Abkippende Sechs

Lässt sich ein defensiver Mittelfeldspieler in die Verteidigung zurückfallen, um dort als zusätzliche Anspielstation zu dienen, bezeichnet man ihn als abkippende Sechs.

Flache Vier

Ist kein doofer Innenverteidiger, sondern eine Formation, bei der vier Mittelfeldspieler auf einer Linie spielen.

Raute

Alternative zur flachen Vier. Die Mittelfeldspieler ordnen sich nicht nebeneinander, sondern rautenförmig an: ein (defensiver) Sechser, zwei Außenspieler und ein (offensiver) Zehner.

Kompaktheit

Eine der Lieblingsfloskeln der Sportreporter. Eine Mannschaft steht dann kompakt, wenn sie nur wenig Raum zwischen den eigenen Spielern lässt. Dadurch wird dem Gegner das Durchkommen erschwert. ▼

Letztes Drittel

Seit einiger Zeit ist es in Mode gekommen, das Spielfeld in Drittel einzuteilen. Das erste Drittel befindet sich in der eigenen Hälfte, das zweite Drittel ist der Bereich zu beiden Seiten der Mittellinie, und das dritte oder letzte Drittel befindet sich in der gegnerischen Hälfte.

Abschluss

Abschlüsse finden selbstverständlich im letzten Drittel statt. Damit ist jeder konkrete Versuch gemeint, ein Tor zu erzielen.

Ballbesitzfußball

Eine Spielphilosophie, die einen möglichst hohen Ballbesitzanteil der eigenen Mannschaft anstrebt. »Solange man selbst den Ball hat, kann der Gegner kein Tor schießen«, sagt Pep Guardiola, einer der leidenschaftlichsten Verfechter des Ballbesitzfußballs. Verliert das Team doch einmal den Ball, ist die sofortige Rückeroberung des Spielgeräts angesagt. ▼

Positionsspiel

Kein Ballbesitzfußball ohne gelungenes Positionsspiel. Im Gegensatz zum sogenannten Totalen Fußball, bei dem sich die Spieler frei auf dem Platz bewegen, müssen beim Positionsspiel bestimmte Zonen des Spielfelds jederzeit besetzt sein, um die Laufwege der einzelnen Spieler zu verringern und den Ball in den eigenen Reihen zu halten. ▶

Zustellen

Hat Team A den Ball, versuchen die Spieler von Team B, sich so zwischen den Ball und die freien Spieler von Team A zu stellen, dass diese nicht angespielt werden können. Ein effektives Zustellen der Passwege erleichtert die Rückeroberung des Balls.

Verschieben

Ist im modernen Hochgeschwindigkeitsfußball von großer Bedeutung. Gemeint ist die Bewegung des Einzelnen und des Kollektivs, um den Abstand zum Ball zu verringern und entstehende Löcher in der eigenen Verteidigung sofort wieder zu schließen. ▼

Anlaufen der Schnittstellen

Als Schnittstellen werden die Abstände zwischen den Verteidigern bezeichnet. Trainer fordern von ihren Stürmern das konsequente Anlaufen dieser Schnittstellen. Sie sollen also versuchen, zum richtigen Zeitpunkt in die freien Räume zu sprinten, die sich zwischen den gegnerischen Verteidigern auftun. Ein gelungener Pass durch so eine Schnittstelle hindurch wird auch als »tödlicher Pass« bezeichnet.

Passquote

Die Passquote gibt darüber Auskunft, wie viele Pässe den eigenen Mitspieler erreichen. Ein Spieler mit einer Passquote von 100 Prozent spielt also keinen einzigen Fehlpass. ▶

Die Fußball-Europameisterschaften von 1960 bis 2012

Frankreich 1960

Endspiel in Paris:
Sowjetunion – Jugoslawien 2:1 (n. V.)
Torschützenkönige der Endrunde:
Milan Galić, Dražan Jerković (YUG), François Heutte (FRA), Walentin Iwanow, Wictor Ponedelnik (UDSSR), je 2 Tore

17 Teams spielten von 1958 – 1960 um den sogenannten Europapokal der Nationen. An der Endrunde vom 6. – 10. Juli 1960 nahmen nur vier Mannschaften teil. Die Medien zeigten wenig Interesse, weil große Fußballnationen wie Deutschland, Italien und England gar nicht erst antraten. Der deutsche Bundestrainer Sepp Herberger erklärte, er habe keine Lust, »die Zeit zwischen den Weltmeisterschaften zu verschwenden«. Der Gastgeber Frankreich war ausgeschieden und das einheimische Publikum hatte das Interesse verloren. So fand das Finale vor nur 18 000 Zuschauern statt. ▼

Spanien 1964

Endspiel in Madrid:
Spanien – Sowjetunion 2:1
Torschützenkönige der Endrunde: Ferenc Bene, Dezsõ Novák (HUN), Jesús María Pereda (ESP), je 2 Tore

Die zweite europäische Meisterschaft wurde nach demselben Modus ausgetragen wie schon das Turnier vier Jahre zuvor. Von 29 Teams, die 1962 – 1964 gegeneinander antraten, qualifizierten sich schließlich Spanien, Ungarn, die Sowjetunion und Dänemark für die Endrunde. Deutschland zeigte an dem Turnier erneut kein Interesse. Der Ausrichter wurde erst nach Beendigung der Qualifikation festgelegt. Am Ende gewannen die Spanier vor heimischen Publikum gegen den favorisierten Titelverteidiger Sowjetunion. Ihr Trainer war der damals schon legendäre José Villalonga Llorente, der von 1955 – 57 das Wunderteam von Real Madrid geformt hatte.

Italien 1968

Endspiel in Rom:
Italien – Jugoslawien 2:0
Torschützenkönig der Endrunde:
Dragan Džajić (YUG), 2 Tore

Die dritte Europameisterschaft war eigentlich die erste, weil sie nun nicht mehr als Europapokal der Nationen bezeichnet wurde, sondern von der UEFA als offizielle EM anerkannt war. Zum ersten Mal nahm auch die Mannschaft der Bundesrepublik Deutschland teil, blamierte sich allerdings bis auf die Knochen und musste nach einem 0:0 gegen Albanien schon frühzeitig die Segel streichen. An der Endrunde in Italien nahmen neben dem Gastgeber die Sowjetunion, England und Jugoslawien teil. Das erste Finalspiel zwischen Italien und Jugoslawien endete 1:1 n. V. Weil es damals noch kein Elfmeterschießen gab, wurde es zwei Tage später wiederholt. Für Italien war es der erste Erfolg seit dem Gewinn der Weltmeisterschaften 1934 und 1938. ▼

Belgien 1972

Endspiel in Brüssel:
Deutschland – Sowjetunion 3:0
Torschützenkönig der Endrunde: Gerd Müller (GER), 4 Tore

Das Team um Sepp Maier, Franz Beckenbauer, Paul Breitner, Günter Netzer, Uli Hoeneß, Jupp Heynckes und Gerd Müller gilt bis heute als die spielstärkste deutsche Nationalmannschaft aller Zeiten. Es war der erste Titel seit dem Gewinn der Weltmeisterschaft 1954. Ein Triumph, der sich zwei Jahre später bei der Heim-WM wiederholen sollte. Günter Netzer wurde 1972 zudem in der Bundesrepublik als Fußballer des Jahres ausgezeichnet, Franz Beckenbauer zu Europas Fußballer des Jahres gekürt. ▶

Jugoslawien 1976

Endspiel in Belgrad:
Tschechoslowakei – Deutschland 5:3 (n. E.)
Torschützenkönig der Endrunde:
Dieter Müller (GER), 4 Tore

Als amtierender Welt- und Europameister war die deutsche Mannschaft der große Favorit dieser Endrunde, die sich wie bei den Turnieren zuvor auf vier Teilnehmer beschränkte. Nachdem die Niederländer durch ein 3:2 gegen Jugoslawien den dritten Platz errungen hatten, musste das Finale eines großen Turniers erstmals durch Elfmeterschießen entschieden werden. Uli Hoeneß setzte seinen Strafstoß beim Spielstand von 3:4 hoch über das Tor – es ist bis heute das einzige Elfmeterschießen, das Deutschland jemals verloren hat. ▲

Italien 1980

Endspiel in Rom:
Deutschland – Belgien 2:1
Torschützenkönig:
Klaus Allofs (GER), 3 Tore

An diesem Endrundenturnier nahmen erstmals nicht mehr nur vier, sondern acht Mannschaften teil, die in zwei Gruppen eingeteilt waren. Die beiden Gruppenersten qualifizierten sich direkt für das Finale. Mit »Pinocchio« gab es zum ersten Mal auch ein offizielles Maskottchen. Gastgeber Italien verlor das Spiel um den dritten Platz nach einem nervenaufreibenden Elfmeterschießen mit 8:9 gegen die Tschechoslowakei. Horst Hrubesch verwandelte im Finale eine Ecke von Karl-Heinz Rummenigge zum entscheidenden 2:1 für die deutsche Mannschaft. ▼

Frankreich 1984

Endspiel in Paris:
Frankreich – Spanien 2:0
Torschützenkönig:
Michel Platini (FRA), 9 Tore

Erstmals konnten sich Fans mit eigens für dieses Event hergestellten EM-Trikots versorgen. Unumstrittener Star des gesamten Turniers war der französische Spielmacher und Torjäger Michel Platini. Mit seinen neun Treffern bei dieser Endrunde ist er immer noch EM-Rekordtorschütze und wurde 1984 außerdem zu Europas Fußballer des Jahres gewählt. Titelverteidiger Deutschland schied schon nach der Vorrunde aus, worauf Trainer Jupp Derwall zurücktrat. Sein Nachfolger wurde Franz Beckenbauer. ▼

Deutschland 1988

Endspiel in München:
Niederlande – Sowjetunion 2:0
Torschützenkönig:
Marco van Basten (NLD), 5 Tore

14 Jahre nach der Weltmeisterschaft 1974 durfte die Bundesrepublik Deutschland zum zweiten Mal ein großes Fußballturnier austragen. Doch diesmal konnte das deutsche Team seinen Heimvorteil nicht nutzen und musste sich in einem hart umkämpften Halbfinale dem Nachbarn aus den Niederlanden geschlagen geben. Die »Elftal« konnte diese EM mit ihrem bisher einzigen Titel krönen. Goalgetter Marco van Basten gelang im Finale von München mit seinem Volleyschuss aus extrem spitzem Winkel einer der spektakulärsten Treffer aller Zeiten. ▲

Schweden 1992

Endspiel in Göteborg:
Dänemark – Deutschland 2:0
Torschützenkönig: Dennis Bergkamp (NLD), Tomas Brolin (SWE), Henrik Larsen (DNK), Karl-Heinz Riedle (GER), je 3 Tore

Nach der 1990 erfolgten deutschen Wiedervereinigung trat die deutsche Mannschaft erstmals mit ehemaligen DDR-Auswahlspielern wie Matthias Sammer und Thomas Doll an. Jugoslawien wurde wegen des Balkankonflikts von der Teilnahme ausgeschlossen und erst zehn Tage vor Turnierbeginn durch Dänemark ersetzt. Die Dänen kämpften sich erfolgreich durch das Turnier und schafften schließlich die Sensation, indem sie den amtierenden Weltmeister Deutschland im Finale mit 2:0 besiegten. Neuartig waren bei dieser EM die Trikots, auf denen erstmals nicht nur die Nummern, sondern auch die Nachnamen der Spieler standen.

England 1996

**Endspiel in London:
Deutschland – Tschechien 2:1
(Golden Goal)
Torschützenkönig:
Alan Shearer (GB), 5 Tore**

Bei dieser EM wurde das Teilnehmerfeld erstmals von acht auf 16 Teams aufgestockt, die insgesamt vier Gruppen bildeten. Titelverteidiger Dänemark scheiterte bereits in der Gruppenphase. Das deutsche Team gewann das dramatische Halbfinale im Londoner Wembley-Stadion gegen Gastgeber England mit 5:4 nach Elfmeterschießen. Im Finale profitierte es von der neu eingeführten Golden-Goal-Regel (das erste Tor in der Verlängerung entscheidet das Spiel). Oliver Bierhoff gelang in der 95. Spielminute der goldene Treffer. ▼

Belgien und Niederlande 2000

**Endspiel in Rotterdam:
Frankreich – Italien 2:1 (Golden Goal)
Torschützenkönig: Patrick Kluivert (NLD), Savo Milošević (YUG), je 5 Tore**

Die EM 2000 ist besonders durch ihren mitreißenden Offensivfußball noch in bester Erinnerung. Darüber hinaus gab es auch hier eine Premiere: Zum ersten Mal teilten sich zwei Länder die Ausrichtung einer Europameisterschaft. Den Titel errang der amtierende Weltmeister Frankreich durch ein Golden Goal von David Trezeguet. Einen tragischen Verlauf nahm das Turnier hingegen für die Niederlande, die sich spätestens durch das 6:1 gegen Jugoslawien zum eigentlichen Turnierfavoriten aufschwangen. Im Halbfinale gegen Italien versagten gleich fünf Spielern am Elfmeterpunkt die Nerven.

Portugal 2004

**Endspiel in Lissabon:
Portugal – Griechenland 0:1
Torschützenkönig:
Milan Baroš (CZE), 5 Tore**

Neben dem Überraschungssieger Dänemark bei der EM 1992 sorgte die griechische Mannschaft mit ihrem deutschen Trainer Otto Rehhagel für eine der größten Sensationen der Fußballgeschichte. Auch war es das bisher einzige Mal, dass das Finale von denselben Teams bestritten wurde wie das Eröffnungsspiel. Letztlich erwies sich der krasse Außenseiter aus Griechenland als Meister der Defensivtaktik, an der sich nicht nur die Portugiesen um Luís Figo und ihren Jungstar Christiano Ronaldo die Zähne ausbissen. Als Spieler des Turniers wurde der griechische Mittelfeldspieler Theodoros Zagorakis ausgezeichnet. ▼

Österreich und Schweiz 2008

Endspiel in Wien:
Deutschland – Spanien 0:1
Torschützenkönig:
David Villa (ESP), 4 Tore

Unter dem Motto »Erlebte Emotionen« richteten beide Alpenländer die Endrunde der 13. Fußball-Europameisterschaft aus. Wie auch Titelverteidiger Griechenland scheiterten sie bereits in der Gruppenphase. Die spanische »Furia Roja« unter Nationaltrainer Luis Aragonés erwies sich bei diesem Turnier als verdienter Sieger, dem auch die deutsche Mannschaft im Endspiel von Wien nur wenig entgegenzusetzen hatte. Damit begann eine mehrjährige Vorherrschaft des spanischen Fußballs, die erst bei der Weltmeisterschaft 2014 in Brasilien ein Ende fand.

Polen und Ukraine 2012

Endspiel in Kiew: Spanien – Italien 4:0
Torschützenkönig:
Fernando Torres (ESP), 3 Tore

Die Endrunde der 14. Fußball-EM war die vorerst letzte, an der 16 Teams teilnahmen. Zur Europameisterschaft 2016 in Frankreich treten 24 Nationalmannschaften an. Ein Novum stellte der erstmalige Einsatz von Torrichtern dar. Der spanischen Mannschaft gelang es als erster, ihren vier Jahre zuvor errungenen Titel zu verteidigen. Richtig überzeugen konnten die Spanier allerdings nur im Finale, in dem sie die hoffnungslos unterlegenen Italiener mit 4:0 überrollten. Jene Italiener also, deren Stürmer Mario Balotelli die deutsche Mannschaft drei Tage zuvor quasi im Alleingang aus dem Turnier geworfen hatte. ▲

Österreich: die Rekord-Quali

Zehn Spiele, neun Siege! Ein triumphales 4:1 gegen Schweden. Österreich qualifiziert sich zum ersten Mal überhaupt auf sportlichem Wege für eine EM!

Wie ein Wirbelwind fegten die Alpenkicker durch die Qualifikationphase und krönten damit eine Entwicklung, die im November 2011 begann. Damals übernahm der Schweizer Trainer Marcel Koller eine notorisch erfolglose österreichische Mannschaft, die auf Rang 72 der Weltrangliste dümpelte, noch hinter den Kapverdischen Inseln.

Inzwischen hat Koller ein homogenes, erfolgshungriges Team geformt. Eine verschworene Gemeinschaft, die selbst so eigenwillige Charaktere wie Marko Arnautovic bestens integriert hat und im November 2015 erstmals zu den Top Ten in der Welt gehörte.

Österreichs Mannschaft ist ein Team der Legionäre, das darüber hinaus zu einem guten Teil aus Spielern mit Migrationshintergrund besteht. Der vielseitig einsetzbare David Alaba zieht im Mittelfeld die Fäden, ihm zur Seite stehen der »Bremer« Zlatko Junuzovic sowie der Kapitän von Mainz 05 Julian Baumgartlinger. Und während Martin Harnik vom VFB Stuttgart auf der Außenbahn wirbelt, gibt es im Sturmzentrum wieder einen echten

Knipser: den 1,96 großen Marc Janko, der in 50 Länderspielen 25 Mal getroffen hat und damit auf den Spuren so legendärer österreichischer Torjäger wie Hans Krankl und Toni Polster wandelt.

Ob die Österreicher nach den Griechen 2004 das Zeug zum nächsten Sensations-Europameister haben, mag dahingestellt sein. Ihr Motto stand unmittelbar nach dem 4:1-Triumph in Schweden auf ihren T-Shirts: Frankreich, wir kommen!

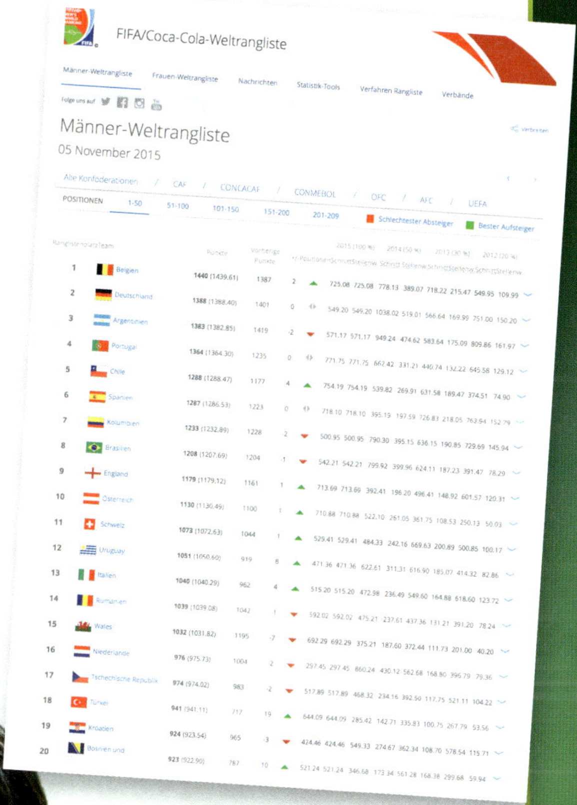

FIFA/Coca-Cola-Weltrangliste

Männer-Weltrangliste / Frauen-Weltrangliste / Nachrichten / Statistik-Tools / Verfahren Rangliste / Verbände

Folge uns auf

Verbreiten

Männer-Weltrangliste

05 November 2015

Alle Konföderationen / CAF / CONCACAF / CONMEBOL / OFC / AFC / UEFA

POSITIONEN 1-50 51-100 101-150 151-200 201-209

Schlechtester Absteiger · Bester Aufsteiger

Ranglistenplatz	Team	Punkte	Vorherige Punkte	+/- Positionen	2015 (100 %) Schnitt	Stellenw.	2014 (50 %) Schnitt	Stellenw.	2013 (30 %) Schnitt	Stellenw.	2012 (20 %) Schnitt	Stellenw.
1	Belgien	1440 (1439.61)	1387	2	725.08	725.08	778.13	389.07	718.22	215.47	549.95	109.99
2	Deutschland	1388 (1388.40)	1401	0	549.20	549.20	1038.02	519.01	566.64	169.99	751.00	150.20
3	Argentinien	1383 (1382.85)	1419	-2	571.17	571.17	949.24	474.62	583.64	175.09	809.86	161.97
4	Portugal	1364 (1364.30)	1235	0	771.75	771.75	662.42	331.21	440.74	132.22	645.58	129.12
5	Chile	1288 (1288.47)	1177	4	754.19	754.19	539.82	269.91	631.58	189.47	374.51	74.90
6	Spanien	1287 (1286.53)	1223	0	718.10	718.10	395.19	197.59	726.83	218.05	763.94	152.79
7	Kolumbien	1233 (1232.89)	1228	-2	500.95	500.95	790.30	395.15	636.15	190.85	729.69	145.94
8	Brasilien	1208 (1207.69)	1204	-1	542.21	542.21	799.92	399.96	624.11	187.23	391.47	78.29
9	England	1179 (1179.12)	1161	1	713.69	713.69	392.41	196.20	496.41	148.92	601.57	120.31
10	Österreich	1130 (1130.49)	1100	1	710.88	710.88	522.10	261.05	361.75	108.53	250.13	50.03
11	Schweiz	1073 (1072.63)	1044	1	529.41	529.41	484.33	242.16	669.63	200.89	500.85	100.17
12	Uruguay	1051 (1050.60)	919	8	471.36	471.36	622.61	311.31	616.90	185.07	414.32	82.86
13	Italien	1040 (1040.29)	962	4	515.20	515.20	472.98	236.49	549.60	164.88	618.60	123.72
14	Rumänien	1039 (1039.08)	1042	-1	592.02	592.02	475.21	237.61	437.36	131.21	391.20	78.24
15	Wales	1032 (1031.82)	1195	-7	692.29	692.29	375.21	187.60	372.44	111.73	201.00	40.20
16	Niederlande	976 (975.73)	1004	-2	297.45	297.45	860.24	430.12	562.68	168.80	396.79	79.36
17	Tschechische Republik	974 (974.02)	983	-2	517.89	517.89	468.32	234.16	392.50	117.75	521.11	104.22
18	Türkei	941 (941.11)	717	19	644.09	644.09	285.42	142.71	335.83	100.75	267.79	53.56
19	Kroatien	924 (923.54)	965	-3	424.46	424.46	549.33	274.67	362.34	108.70	578.54	115.71
20	Bosnien und	923 (922.90)	787	10	521.24	521.24	346.68	173.34	561.28	168.38	299.68	59.94

Fußballland Frankreich

»Allez, les Bleus!« – Auf geht's, Ihr Blauen! So schallt es von den Rängen, wenn die französischen Fans ihr Team anfeuern. Dabei ist den Franzosen die Liebe zum Fußball weniger in die Wiege gelegt als beispielsweise Engländern und Brasilianern. Lange Zeit konnte der Fußball es mit der Popularität von Radsport und Rugby nicht aufnehmen, stand »le foot« im Schatten traditioneller Kugelspiele wie Boule und Pétanque. Das änderte sich schlagartig durch die Heim-WM 1998. Damals ebnete der grandiose Spielmacher Zinédine Zidane seinem Team den Weg zum bisher einzigen WM-Titel, stürzte das Land in einen Freudentaumel und verhalf der Grande Nation zu neuem Selbstbewusstsein. Europameister war man indes schon zweimal, 1984 und 2000. Und so hoffen viele Franzosen auf ein neues Sommermärchen, damit es im Juli 2016 heißen kann: Aller guten Dinge sind drei.

Frankreich im Schnelldurchlauf

Das Gastgeberland der EM 2016 hat auf der Karte die Form eines Sechsecks, ist fast doppelt so groß wie Deutschland, hat aber weniger Einwohner (Frankreich: 66 Millionen, Deutschland: 81 Millionen). Im Süden und im Osten wird Frankreich von zwei mächtigen Gebirgsketten eingerahmt, den Pyrenäen und den Alpen. Hier befindet sich auch der höchste Berg Europas, der Mont Blanc (4810 m). Frankreichs längste Flüsse sind die Loire (1020 km) und die Rhone (812 km). Das Land hat eine Küstenlänge von fast 3500 Kilometern, grenzt im Süden ans Mittelmeer und an Spanien, im Westen an den Atlantik und im Norden an den Ärmelkanal, der Frankreich von England trennt.

Neben Französisch wird in einigen Gebieten auch Bretonisch (in der Bretagne), Korsisch (auf Korsika), Baskisch (im Südwesten), Elsässisch und Lothringisch (im Nordosten) sowie Okzitanisch (in Südfrankreich) gesprochen. Die bedeutendste Stadt Frankreichs ist die Hauptstadt Paris. Dort leben 2,2 Millionen Menschen. Die am häufigsten besuchte touristische Attraktion ist aber weder der Eiffelturm noch das Louvre-Museum, sondern der große Vergnügungspark Disneyland Paris. Marseille, Lyon, Toulouse, Nizza, Nantes, Straßburg, Montpellier und Bordeaux sind weitere bedeutende Städte in Frankreich.

Nationalfeiertag ist der 14. Juli. An diesem Tag im Jahr 1789 stürmten aufgebrachte Pariser das befestigte Gefängnis »Bastille«, damit begann die Französische Revolution.

Die Franzosen lieben gutes Essen und Trinken. Spezialitäten wie Coq au Vin, Quiche Lorraine, Bouillabaisse, Crêpes oder Mousse au chocolat sind auf der ganzen Welt bekannt.

Weniger bekannt dürfte sein, dass es in Frankreich gesetzlich verboten ist, ein Schwein Napoleon zu nennen. Außerdem hält ein französischer Monarch den Weltrekord der kürzesten Regentschaft aller Zeiten: Ludwig XIX. saß 1830 gerade mal 20 Minuten auf dem Thron, ehe er abdankte.

Fußball im Zeichen der Solidarität

Es war ein denkwürdiges Spiel, das die Nationalmannschaften von Frankreich und England am 17. November 2015 in London austrugen. Und dass es 2:0 für die Heimmannschaft ausging, hat an diesem Abend wirklich niemand interessiert. Denkwürdig war vor allem, was sich vor dem Anpfiff im legendären Wembley-Stadion abspielte. Da hatten die 71 000 vorwiegend englischen Zuschauer die französische Nationalhymne gesungen. Ach was, gesungen – sie hatten sie mit Inbrunst gebrüllt und geschmettert. Den französischen Text lasen sie tapfer von den großen Anzeigetafeln ab und beschworen somit in einer fremden Sprache die universellen Werte von Freiheit und Brüderlichkeit. Hinter dem Tor bildeten die Zuschauer mit Plakaten eine riesige Tricolore, und auch der gewaltige Bogen über der Dachkonstruktion des Stadions erstrahlte in den französischen Nationalfarben. ▸

Blau-weiß-rot im Wembley-Stadion. Die Teams beider Länder singen gemeinsam die Marseillaise (u.); Blumengruß englischer Journalisten für den französischen Trainer Didier Deschamps: »Als Ausdruck der Solidarität der Journalisten und englischen Fußballfans. Es lebe Frankreich.«

Was war geschehen? Vier Tage zuvor hatte sich während der Partie Frankreich gegen Deutschland in Paris eine Reihe von Terroranschlägen ereignet, die 130 Menschen in den Tod rissen.
Sofort nach diesen Anschlägen brandete die Diskussion darüber auf, ob man das geplante Spiel in London sowie die für denselben Tag in Hannover angesetzte Partie Deutschland – Niederlande nicht lieber ausfallen lassen sollte. War die Sicherheit auch wirklich gewährleistet? Und gab es in diesen Tagen nicht Wichtigeres als Fußball?

»Wir stehen vereint gegen einen Horror, der keine Hautfarbe und keine Religion hat – für Liebe, Respekt und Frieden.«

Lassana Diarra, französischer Nationalspieler, der bei den Attentaten von Paris seine Cousine verlor

Die deutschen Behörden ließen das Spiel gegen die Elftal schließlich kurz vor Anpfiff wegen einer Terrorwarnung absagen. Das Match in Wembley konnte stattfinden und wurde zur Botschaft der Solidarität an die ganze Welt. Und so versammelten sich die Spieler beider Nationen, kurz nachdem die französische Hymne verklungen war, Arm in Arm zu

Tod und Überleben: Lassana Diarra und Antoine Griezmann ▸

einem gemischten Teamfoto. Darunter auch Lassana Diarra, dessen Cousine durch eines der Attentate ums Leben gekommen war, und Antoine Griezmann, dessen Schwester den Anschlag auf die Konzerthalle Bataclan unverletzt überlebt hatte.
Vielleicht sollte man den Fußball nicht mit Symbolik überfrachten, dennoch gilt: Fußball verbindet Menschen auf der ganzen Welt – gerade weil Hautfarbe und Religion hier keine Rolle spielen. Weil beim Fußball alle gleich sind.
Natürlich ging es auch nach früheren Anschlägen stets weiter: »The games must go on – Die Spiele müssen weitergehen«, sagte der damalige Präsident des IOK, Avery Brundage, nachdem 1972 während der Olympischen Spiele in München israelische Sportler von palästinensischen Terroristen als Geiseln genommen und getötet worden waren.
Und anlässlich der Olympischen Spiele 2012 in London kehrte die Erinnerung an die schrecklichen Bombenanschläge in der Londoner U-Bahn sieben Jahre zuvor zurück.
Mag die Unbeschwertheit auch ein Stück weit verloren gehen, so lassen sich die Menschen doch nicht davon abhalten, in Kneipen und Restaurants zu gehen, Konzerte und Fußballspiele zu besuchen, zu singen, zu tanzen und zu jubeln. Wie bei der EM 2016. Und das ist auch gut so.

Solidarität im Stadion: Fans singen die französische Nationalhymne im Zeichen der Trikolore.

Ganz persönliche Solidarität: die Arsenal-Kollegen Olivier Giroud und Kieran Gibbs.

Lille Stade Pierre-Mauroy

erbaut	2012
Kapazität	50 000
Verein	OSC Lille

Lens Stade Bollaert-Delelis

erbaut	1933/2015
Kapazität	35 000
Verein	RC Lens

Saint-Denis Stade de France

erbaut	1998
Kapazität	80 000

Nationalstadion des französischen Teams

Zehn Städte – zehn Stadien

Lille liegt an der Grenze zu Belgien. 228 000 Menschen leben in der »Hauptstadt von Flandern«. 2004 konnte man sich zudem mit dem Titel »Kulturhauptstadt Europas« schmücken. Mit über 100 000 Studenten ist Lille einer der größten Universitätsstandorte Frankreichs. Bei geschlossenem Dach ist die hochmoderne Arena ein echter Hexenkessel. Hier werden sechs Partien gespielt, darunter ein Vorrundenspiel der Heimmannschaft, ein Achtel- und ein Viertelfinale.

Lens lebte fast bis Ende des 20. Jahrhunderts vom Bergbau. Die letzte Zeche schloss Anfang der 1990er-Jahre. Neben Fußballspielen des RC Lens und der französischen Nationalmannschaft, die in der stimmungsvollen kleinen Arena noch ungeschlagen ist, wird hier auch Rugby gespielt, zum Beispiel bei den Weltmeisterschaften 1999 und 2007. Im Stade Bollaert-Delelis werden drei Gruppenspiele und ein Achtelfinale ausgetragen.

Saint-Denis ist eine eigenständige Stadt unmittelbar vor den Toren von Paris. Das Stade de France, anlässlich der Heim-WM 1998 errichtet, fungiert nicht nur als Heimstätte der französischen Fußballnationalmannschaft, sondern ist auch Spielort des französischen Rugby-Union-Teams sowie der beiden Rugby-Mannschaften Stade Français und Racing Métro. Den Besucherrekord für das Stadion halten aber keine Kicker oder Rugbyspieler, sondern die irische Rockband U2 mit 93 000 Zuschauern. Sieben EM-Spiele sind hier geplant, darunter das Eröffnungsspiel und das Finale.

Paris wartet mit dem Parc des Princes auf. Die in Deutschland auch als Prinzenparkstadion bekannte Arena ist eine der ältesten Spielstätten Frankreichs und das ehemalige Nationalstadion des Landes. Ursprünglich wurden hier einmal Radrennen ausgetragen. In der 1997 für 90 Millionen Euro umgebauten Arena werden fünf EM-Spiele zu sehen sein, vier in der Gruppenphase und ein Achtelfinale.

Lyon, Hauptstadt der Region Rhône-Alpes, ist mit knapp 500 000 Einwohnern nach Paris und Marseille die drittgrößte Stadt Frankreichs. Die Altstadt und ein Teil der Halbinsel Lyon gehören seit 1998 zum Weltkulturerbe. Zu den bekanntesten Söhnen der Stadt zählen der Schriftsteller Antoine de Saint-Exupéry, der Starkoch Paul Bocuse sowie die Fußballer Youri Djorkaeff und Karim Benzema. Das erst Anfang 2016 fertiggestellte Stade de Lumières wird Austragungsort von sechs EM-Spielen sein, darunter das erste Halbfinale.

erbaut 1897/1972
Kapazität 45 000
Verein ...... Paris Saint-Germain

Paris Parc des Princes

erbaut 2016
Kapazität 59 000
Verein ...... Olympique Lyon

Lyon Stade de Lumières

Saint-Étienne
Stade Geoffroy Guichard

erbaut 1931/2014
Kapazität 42 000
Verein .... AS Saint-Étienne

Saint-Étienne, die Hauptstadt des südfranzösischen Départements Loire, hat 170 000 Einwohner. Der heimische Fußballklub AS Saint-Étienne ist mit zehn Titeln französischer Rekordmeister und zudem sechsfacher Pokalsieger. Zu den bekanntesten ehemaligen Spielern gehören Michel Platini, Willy Sagnol, Laurent Blanc und Pierre-Emerick Aubameyang. In dem mehrfach umgebauten und modernisierten Stadion finden drei Vorrundenspiele und das erste Achtelfinale statt.

Bordeaux, das politische, wirtschaftliche und kulturelle Zentrum im Südwesten Frankreichs, ist nicht zuletzt wegen seines gleichnamigen Rotweins in der ganzen Welt berühmt. Der subtropisch-atlantische Einfluss verwöhnt Stadt und Region mit milden Wintern und langen, warmen Sommern. In der hochmodernen, eigens für die EM erbauten Arena finden fünf Spiele statt, darunter ein Viertelfinale.

Bordeaux Stade de Bordeaux

erbaut	2015
Kapazität	42 000
Verein	Girondins Bordeaux

Toulouse Stadium de Toulouse

erbaut 1937/1998
Kapazität 33 000
Verein .... FC Toulouse

Nizza Allianz Riviera

erbaut 2013
Kapazität 35 000
Verein .... OGC Nizza

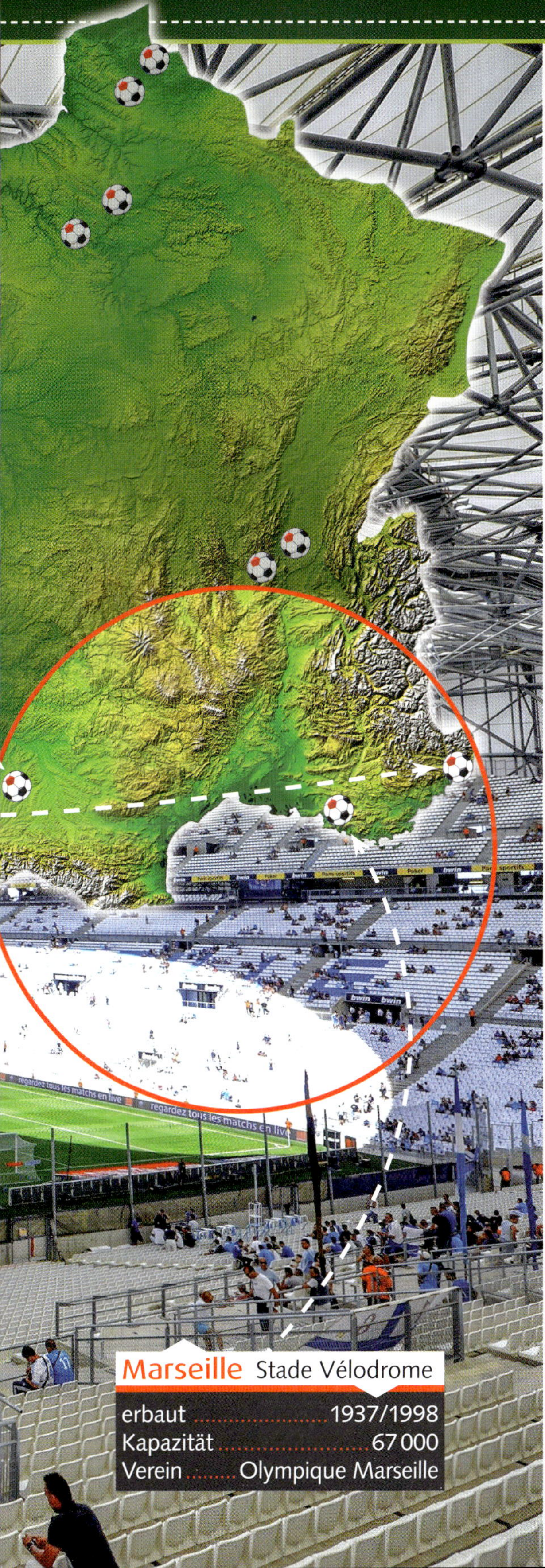

Marseille Stade Vélodrome

erbaut	1937/1998
Kapazität	67 000
Verein	Olympique Marseille

Nizza liegt nur 13 Kilometer vom Fürstentum Monaco und 30 Kilometer von der italienischen Grenze entfernt. Bekannt ist die pulsierende Hafenstadt für ihren Karneval und natürlich die mondänen Strände der Côte d'Azur. Besucher erfreuen sich an der stimmungsvollen Altstadt, vielen sehenswerten Museen und dem am Meer gelegenen Prachtboulevard »Promenade des Anglais«. Im nagelneuen Stadion, das eine gewisse Ähnlichkeit zur Münchner Allianz Arena aufweist, finden drei Gruppenspiele und ein Achtelfinale statt.

Toulouse, die viertgrößte französische Metropole, ist durch zwei Kanäle mit dem Mittelmeer und dem Atlantik verbunden. Wegen ihrer zahlreichen Bauwerke aus roten Ziegelsteinen wird sie auch la ville rose – »rosarote Stadt« – genannt. Das 1949 und 1988 renovierte Stadium Municipal war nicht nur Schauplatz der Fußball-WM 1998, sondern auch der Rugby-Union-Weltmeisterschaften von 1991, 1999 und 2007. Drei Gruppenspiele sowie ein Achtelfinale werden hier ausgetragen.

Marseille, mit 850 000 Einwohnern zweitgrößte Stadt Frankreichs, liegt am Golfe du Lion und ist Partnerstadt Hamburgs. Ein weltweit bekannter kulinarischer Exportartikel Marseilles ist die deftige Fischsuppe Bouillabaisse. In der historischen Gefängnisfestung Château d'If auf einer Insel vor der Stadt schmachtete im berühmten Abenteuerroman von Alexandre Dumas einst der Graf von Monte Christo. Zwei Gruppenspiele, ein Viertelfinale sowie das zweite Halbfinalspiel werden im Stade Vélodrome ausgetragen.

Französische Fußballgötter

Just Fontaine (*1933)

Einer der größten Torjäger aller Zeiten. Seine 13 Treffer bei der Weltmeisterschaft 1958 in Schweden sind fast 60 Jahre später noch WM-Rekord. Absolvierte zwischen 1953 und 1960 21 Länderspiele und erzielte dabei 30 Tore, darunter vier »Dreierpacks« und ein »Viererpack«. Musste seine Karriere aber nach mehreren Beinbrüchen mit erst 28 Jahren beenden. ▼

Michel Platini (*1955)

Gehörte zu den elegantesten und dynamischsten Spielgestaltern des internationalen Fußballs und war – neben Maradona und Zico – auch der torgefährlichste von ihnen. Schoss überragende Freistöße und war in drei aufeinanderfolgenden Jahren Torschützenkönig der italienischen Serie A. In derselben Zeit (1983–85) drei Mal Europas Fußballer des Jahres. Landete bei der Wahl der besten Fußballer aller Zeiten auf Rang 7.

Jean-Pierre Papin (*1963)

Ein klassischer Goalgetter, der in seiner Zeit bei Olympique Marseille fünf Mal nacheinander die französische Torjägerkrone holte. 1991 Welttorjäger und Europas Fußballer des Jahres. 1990–92 dreimaliger Torschützenkönig des Europapokals der Landesmeister. Gewann mit Bayern München 1996 den UEFA-Pokal.

Bixente Lizarazu (*1969)

Der französische Baske war einer der größten Titelsammler des Weltfußballs. Reifte beim FC Bayern zu einem der besten Linksverteidiger der Welt, gewann mit diesem Klub insgesamt 18 Titel, wurde 2001 Champions League- und Weltpokalsieger. Im französischen Nationaltrikot 1998 Weltmeister und 2000 auch Europameister. ▼

Thierry Henri (*1977)

Ein pfeilschneller Stürmer, dessen Eleganz und Geschmeidigkeit unübertroffen sind. Wurde bei Arsenal London zu einem der beständigsten Torjäger der Welt. Vierfacher Rekordschütze der englischen Liga, gewann zweimal den Goldenen Schuh als bester Goalgetter Europas. Welttorjäger 2003. Welt- und Europameister 1998 und 2000.

Franck Ribéry (*1983)

Wuchs in ärmlichen Verhältnissen auf und begann als klassischer Straßenkicker. Wechselte 2007 von Olympique Marseille zu Bayern München und sorgte in der Bundesliga sogleich für Furore. Besticht durch seine überraschenden Einfälle, seine technischen Kabinettstückchen und explosiven Sturmläufe. Schoss seinen Klub 2013 zum Champions-League-Titel und wurde kurz darauf zu Europas Fußballer des Jahres gewählt. Außerdem Frankreichs Fußballer des Jahres 2007 und 2008. ▼

Zinédine Zidane (*1972)

Als Sohn algerischer Einwanderer in Paris geboren, entwickelte sich »Zizou« zu einem der genialsten und kreativsten Mittelfeldstrategen aller Zeiten. Der dreimalige Weltfußballer des Jahres entwickelte sich bei Juventus Turin zum Ausnahmespieler und führte die Équipe Tricolore 1998 zum Weltmeistertitel. Beendete seine Spielerkarriere mit einem legendären Kopfstoß gegen den Italiener Marco Materazzi, der ihm im WM-Finale 2006 gegen Italien während der Verlängerung die rote Karte einbrachte. ▲

MÜLLER
13
23

Die deutsche Mannschaft

Lille, Saint-Denis, Paris – an diesen Spielorten soll das deutsche Sommermärchen 2016 seinen Anfang nehmen. Erhofftes Happyend: am 10. Juli im Stade de France. Das traditionelle Losglück hat Jogis Jungs diesmal Nordirland, Polen und die Ukraine als Gruppengegner beschert. Eine Begegnung mit Angstgegner Italien droht frühestens im Viertelfinale. Dass man im Halbfinale gegen Gastgeber Frankreich antritt, ist möglich. Angesichts des vermeintlich lockeren Turnierauftakts wird Bundestrainer Joachim Löw dafür sorgen müssen, dass sein Team von Anfang an mit der nötigen Spannung und Konzentration zu Werke geht. Falls dies gelingt und der amtierende Weltmeister seinem Ruf als Turniermannschaft gerecht wird, könnte er am Ende dem Beispiel von Franzosen (1998, 2000) und Spaniern (2010, 2012) folgen. Die haben bereits vorgemacht, wie man dem errungenen WM-Titel den des Europameisters hinzufügt.

Das deutsche Team

Drużyna Piłkarska El equipo alemán
L'Équipe Allemande
Kombetarja gjermane Alman takımı
المنتخب الالماني

Das deutsche EM-Team ohne die Spieleröffnung von Jérôme Boateng? Ohne die Robustheit von Sami Khedira? Ohne Özils Zauberpässe oder Gündoğans Spielwitz? Undenkbar!
Ohne Fußballspieler mit Eltern aus fremden Ländern wäre das Team von Jogi Löw schlichtweg langweiliger und behäbiger, technisch schlechter, weniger durchschlagskräftig und insgesamt erfolgloser. Hingegen könnte der Bundestrainer eine rein aus Migrantenkindern bestehende Elf aufs Feld schicken, die auch bei der EM keinen Gegner zu scheuen brauchte: Im Tor Bernd Leno (dessen Eltern als Russlanddeutsche aus der Sowjetunion kamen). Davor eine Dreier-Abwehrkette, bestehend aus Jérôme Boateng (ghanaischer Vater), Shkodran Mustafi (albanische Eltern) und Antonio Rüdiger (Mutter aus Sierra Leone), alle groß gewachsen und zweikampfstark.
Das Mittelfeld könnten Emre Can, Mesut Özil und Ilkay Gündoğan bilden, die allesamt türkische Wurzeln besitzen, ergänzt durch den Schalker Shootingstar Leroy Sané, dessen Vater, Souleymane Sané, einst für das Nationalteam von Senegal kickte. Ein technisch überragendes Mittelfeld wäre das, mit der richtigen Mischung aus Erfahrung und Unbekümmertheit.
Im Sturm auf links der unverwüstliche Lukas Podolski (der mit seinen Eltern als Kleinkind von Polen nach Deutschland übersiedelte), auf rechts der pfeilschnelle Karim Bellarabi (der einen marokkanischen Vater und zudem einen ghanaischen Stiefvater aufweisen kann) sowie in der Mitte Goalgetter Mario Gómez, dessen Vater bekanntlich aus Spanien stammt und der bei Beşiktaş Istanbul zu alter Stärke zurückgefunden hat.

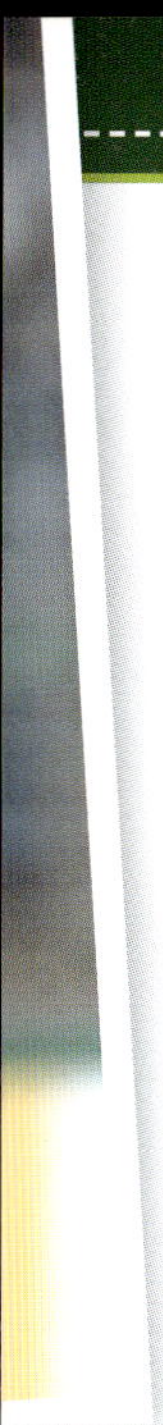

»Wir haben durch unser Multi-Kulti-Team mit polnischen, türkischen oder tunesischen Einflüssen mit Sicherheit spielerisch gewonnen«, sagt auch Bastian Schweinsteiger (dessen Urgroßvater übrigens Holländer ist).
Und Jérôme Boateng hat bereits mehrfach den Wunsch geäußert, das deutsche Team später einmal als Kapitän aufs Feld zu führen. Das wäre »mit Blick auf die Integration ein starkes Zeichen«.

Multi-Kulti-Weltmeister aber ist seit Jahren die Schweiz, deren Kader zu zwei Dritteln aus Spielern mit internationalen Wurzeln besteht. Die Eltern von Ex-Bayern-Profi Xherdan Shaqiri und vom »Gladbacher« Mittelfeldmotor Granit Xhaka stammen beispielsweise aus dem Kosovo. Wolfsburgs Ricardo Rodriguez ist der Sohn eines Chilenen und einer Spanierin, Kapitän Gökhan Inler das Kind türkischer Einwanderer. »Es ist nicht wichtig, wo wir herkommen«, betont Inler. »Wichtig ist, dass wir alle für die Schweiz spielen und Erfolg haben wollen.«

»Spieler mit Eltern anderer Nationen bereichern uns«, sagt der deutsche Teammanager Oliver Bierhoff. »Sie bringen andere Charaktere, anderen Spielwitz und eine andere Lebensphilosophie mit ein.«

Oliver Bierhoff

Die Top Ten der deutschen EM-Klassiker

Geburtsstunde eines Jahrhundertteams

EM-Viertelfinale 1972, Deutschland–England 3:1

Im Londoner Wembley-Stadion gelang der deutschen Elf die späte Revanche für die legendäre Finalniederlage bei der WM 1966. Zugleich gilt dieses Spiel als Geburtsstunde der wohl besten Mannschaft der deutschen Fußballgeschichte. Uli Hoeneß hatte das 1:0 erzielt, Günter Netzer brachte das Team nach dem zwischenzeitlichen Ausgleich per Elfmeter wieder in Front. Mit einem seiner typischen Drehschüsse sorgte »Bomber« Gerd Müller schließlich für die Entscheidung. ▼

Finale als Generalprobe

EM-Finale 1972, Deutschland–Sowjetunion 3:0

Erst drei Wochen zuvor hatte die deutsche Mannschaft die Sowjetunion bei einem Freundschaftsspiel in München mit 4:1 geschlagen. Jetzt ging sie als klarer Favorit in dieses Finale und erfüllte die Erwartung vollauf. Die Russen hatten Beckenbauer, Netzer und Co kaum etwas entgegenzusetzen. Dem ersten Triumph bei einer EM sollte zwei Jahre später der zweite Weltmeistertitel folgen. Beide Titel fielen in die Amtszeit von Helmut Schön, der von 1964 bis 1978 Bundestrainer war. ▼

Ein neuer Müller

**EM-Halbfinale 1976,
Jugoslawien–Deutschland 2:4 (n. V.)**

Angefeuert von einem frenetischen Publikum spielte sich Gastgeber Jugoslawien in einen Rausch und führte zur Halbzeit 2:0 gegen den amtierenden Weltmeister. Nachdem Heinz Flohe in der 65. Minute den Anschlusstreffer markiert hatte, schlug die große Stunde des jungen Kölner Mittelstürmers Dieter Müller. In der 79. Minute eingewechselt, erzielte er mit seiner ersten Ballberührung den Ausgleich. Es war das erste Länderspiel des 22-Jährigen. In der Verlängerung schoss Müller sein Team dann quasi im Alleingang ins Finale. ▲

Am Punkt versagen die Nerven

**EM-Finale 1976,
Tschechoslowakei–Deutschland 5:3 (n. E.)**

Das herausragende Team von 1972 und 1974 hatte seinen Zenit bereits überschritten, kämpfte sich aber mit Glück und Geschick abermals bis ins Endspiel. Wie schon im Halbfinale lag die deutsche Mannschaft rasch mit 0:2 in Rückstand, ehe Dieter Müller mit seinem vierten EM-Tor der Anschlusstreffer und Bernd Hölzenbein in der letzten Spielminute der Ausgleich gelang. Beim Elfmeterschießen versagten schließlich Uli Hoeneß die Nerven. Er geriet beim Schuss in Rücklage und jagte den Ball hoch in den Belgrader Nachthimmel.

Kopfballungeheuer Horst Hrubesch

**EM-Finale 1980,
Deutschland–Belgien 2:1**

Nach dem verlorenen Finale vier Jahre zuvor holte ein runderneuertes deutsches Team unter dem neuen Trainer Jupp Derwall ihren zweiten EM-Titel. Horst Hrubesch vom Hamburger SV erzielte beide Tore und machte beim 2:1 in der 88. Spielminute seinem Ruf als »Kopfballungeheuer« alle Ehre. Die Ecke, die er direkt verwertete, hatte Karl-Heinz Rummenigge geschlagen. Mit Klaus Allofs (3 Tore) holte zum dritten Mal hintereinander ein deutscher Spieler die Torjägerkrone. ▼

Schreckgespenst Marco van Basten

EM-Halbfinale 1988, Deutschland-Niederlande 1:2

Am 21. Juni 1988 kam es im Hamburger Volksparkstadion zum stets brisanten Nachbarschaftsduell mit den Niederlanden. In einer hitzigen Partie brachte Lothar Matthäus das deutsche Team per Elfmeter in Führung, Ronald Koeman traf seinerseits per Strafstoß zum Ausgleich. Als schon alles auf eine Verlängerung hindeutete, erzielte der holländische Torjäger Marco van Basten in der 88. Spielminute den Siegtreffer. Vier Tage später wurden die Niederländer Europameister. ▶

Vom Außenseiter vorgeführt

EM-Finale 1992, Dänemark-Deutschland 2:0

Schauplatz der EM 1992 war Schweden. Sie endete mit der bis dahin größten Sensation im europäischen Fußball. Dänemark hatte sich für die Endrunde gar nicht qualifiziert, sondern durfte nur teilnehmen, weil Jugoslawien wegen des Balkankonflikts kurzfristig ausgeschlossen worden war. Ohne jeden Erwartungsdruck spielten die Skandinavier bei diesem Turnier auf und schlugen im Finale von Göteborg ganz entspannt den amtierenden Weltmeister Deutschland!

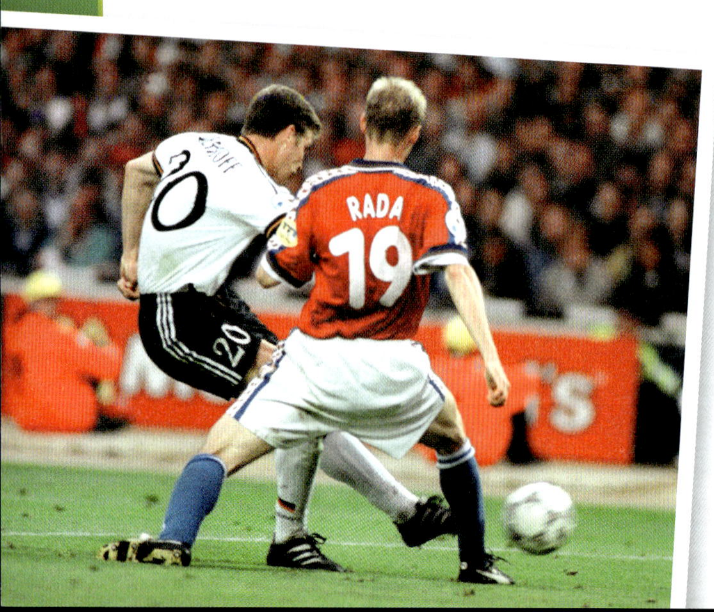

Das Goldene Tor

EM-Finale 1996, Deutschland–Tschechien 2:1

Kapitän Jürgen Klinsmann und Libero Matthias Sammer waren die Führungsfiguren des deutschen Teams, das Trainer Berti Vogts im altehrwürdigen Wembley-Stadion auflaufen ließ. Zum Star des Spiels avancierte Oliver Bierhoff. In der 69. Minute für Mehmet Scholl eingewechselt, traf er vier Minuten später zum Ausgleich und sicherte Deutschland in der Verlängerung mit seinem Golden Goal den dritten EM-Titel. ◀

Die Balotelli-Show

EM-Halbfinale 2012, Deutschland–Italien 1:2

Bundestrainer Joachim Löw setzte im Vergleich zum 4:2 im Viertelfinale gegen Griechenland auf drei Änderungen. Podolski und Gomez kehrten für Schürrle und Klose in die Startelf zurück. Für Reus begann Kroos. Doch der junge italienische Mittelstürmer Mario Balotelli war an diesem Tag nicht aufzuhalten und schoss sein Team verdientermaßen ins Finale gegen Spanien. ◀

Lahms später Treffer

EM-Halbfinale 2008, Deutschland–Türkei 3:2

Im Baseler St. Jakob-Park lieferten sich die beiden Teams ein mitreißendes Spiel. Die Türken gingen in der 22. Minute in Führung, doch Schweinsteiger konnte schon vier Minuten später ausgleichen. Kloses 2:1 (79.) wurde von Sentürk (86.) egalisiert. In der Schlussminute gelang Philipp Lahm nach Doppelpass mit Thomas Hitzlsperger dann der erlösende Siegtreffer und Deutschland stand im Finale – das aber Spanien für sich entschied. ▶

Der deutsche Kader

Nach den Rücktritten von Philipp Lahm, Per Mertesacker und Miroslav Klose ist das DFB-Team immer noch auf der Suche nach einer neuen Stammformation. Allenfalls die Hälfte aller Positionen scheint fest vergeben zu sein, und vor allem für die Außenverteidigung und die Sturmmitte fahndet Bundestrainer Jogi Löw weiterhin nach dauerhaften Lösungen.

Torwart und Abwehrspieler: Manuel Neuer, Jérôme Boateng (o.). Mats Hummels gegen Lionel Messi bei der WM 2014 im Finale gegen Argentinien, im Hintergrund Mesut Özil (r.). Bundestrainer Jogi Löw (u.)

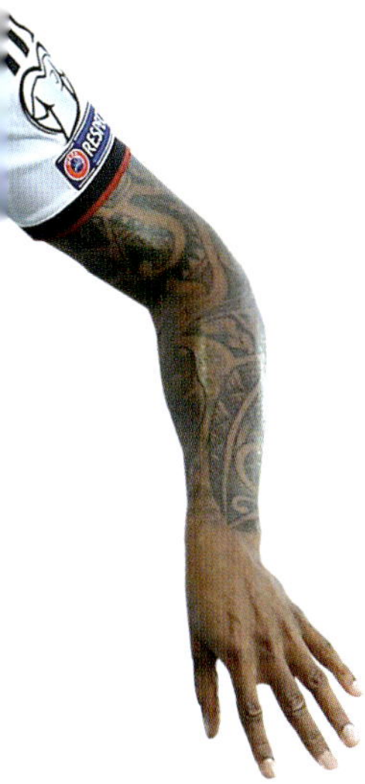

Torhüter

Gesetzt

Manuel Neuer. Der unumstritten beste Keeper der Welt hat das Torwartspiel revolutioniert, was er auch beim Turnier in Frankreich wieder unter Beweis stellen dürfte.

Kandidaten

Der hochbegabte und ehrgeizige **Marc-André ter Stegen** vom FC Barcelona wirkt oft wie eine Kopie von **Manuel Neuer**, wird sich aber wohl auch weiterhin mit der Rolle des Kronprinzen begnügen müssen.

Im Blickfeld

Ron-Robert Zieler, Bernd Leno und Kevin Trapp vervollständigen das Überangebot an erstklassigen deutschen Torhütern.

Abwehr

Gesetzt

Jérôme Boateng, **Mats Hummels**, **Shkodran Mustafi** und **Benedikt Höwedes**. Jérôme Boateng gilt spätestens seit der WM 2014 weltweit als einer der besten Innenverteidiger und dürfte wohl in jedem Team der Welt einen Stammplatz sicher haben. Der elegante und umsichtige **Mats Hummels** hat sein zwischenzeitliches Formtief überwunden und gehört ebenfalls zu den absoluten Führungsspielern der Mannschaft. Bleibende Verdienste haben sich auch **Benedikt Höwedes** und **Shkodran Mustafi** erworben, seit sie bei der WM in Brasilien die sogenannte Ochsenabwehr komplettierten, die quasi aus vier Innenverteidigern bestand.

Mittelfeld: Mesut Özil (l.), Bastian Schweinsteiger (r.), Marco Reus (M.). Toni Kroos und der mittlerweile aus der Nationalmannschaft zurückgetretene Miroslav Klose beim WM-Halbfinale 2014 gegen Brasilien (r.).

Kandidaten

Mit den Dortmunder Spielern **Marcel Schmelzer** und **Matthias Ginter**, dem Kölner **Jonas Hector**, **Sebastian Rudy** von der TSG 1899 Hoffenheim sowie dem zum AS Rom abgewanderten **Antonio Rüdiger** kämpfen mehrere Spieler um die freien Positionen rechts und links hinten, wobei **Rüdiger** auch in der Innenverteidigung eingesetzt werden kann und **Ginter** von seinem Vereinstrainer **Thomas Tuchel** erfolgreich zum Rechtsverteidiger umgeschult wurde. Ein besonderes Augenmerk liegt auf dem ebenso zweikampfstarken wie technisch versierten **Emre Can**, Stammspieler beim FC Liverpool, dem viele eine große internationale Karriere zutrauen.

Im Blickfeld

Der Schalker **Dennis Aogo** wird wohl nur bei personellen Engpässen auf den EM-Zug aufspringen können, und beim verletzungsgeplagten Holger Badstuber bleibt abzuwarten, ob er noch einmal sein altes Niveau erreichen kann.

Mittelfeld

Gesetzt

Bastian Schweinsteiger, **Toni Kroos**, **Marco Reus**, **Ilkay Gündoğan**, **Mesut Özil**, **Julian Draxler**, **Sami Khedira**, **Christoph Kramer**.

Mit seiner Vielzahl an spielstarken und kreativen Kickern gilt das Mittelfeld seit Jahren als Paradezone der deutschen Mannschaft. Doch nicht nur dem 31-jährigen **Schweinsteiger** macht seine chronische Verletzungsanfälligkeit zu schaffen. In der Schaltzentrale des Spiels, die den Akteuren eine enorme Laufbereitschaft abverlangt, wird also im Zweifelsfall die jeweilige Fitness über die Einsatzzeiten der einzelnen Spieler entscheiden. Alternativen hat der Bundestrainer glücklicherweise in Hülle und Fülle.

Kandidaten

Offensivtalent **Leroy Sané** von Schalke 04 darf als die Entdeckung der Bundesligasaison 2015/16 gelten. Und auch die vielseitig verwendbaren Bender-Zwillinge **Sven** und **Lars** haben schon bewiesen, dass sie auch im Nationaltrikot »bella figura« machen können.

Im Blickfeld

Sebastian Rode (Bayern München), **Max Meyer** (Schalke 04) und **Timo Werner** (VFB Stuttgart).

Sturm

Gesetzt

Thomas Müller, Mario Götze.

Der 25-jährige **Müller**, der in seiner jungen Karriere schon fast alles gewonnen hat, ist als Goalgetter sowie als Führungspersönlichkeit auf und neben dem Platz unersetzlich. **Mario Götze** hingegen, der Finalheld von Rio, ist bislang den Beweis schuldig geblieben, dass er sein riesiges Potenzial auch zuverlässig abrufen kann. Ein **Götze** in Bestform würde jedoch jedes Team dieser Welt bereichern.

Kandidaten

André Schürrle, Max Kruse, Karim Bellarabi, Kevin Volland. Diese Spieler werden bis zuletzt hart darum kämpfen, bei der EM in Frankreich auf Torjagd gehen zu können, wobei **André Schürrle** aufgrund seiner bisherigen Verdienste eine sehr gute Ausgangsposition hat.

Im Blickfeld

Lukas Podolski, **Mario Gómez**. Zwei prominente Namen, zwei Sorgenkinder. Kämpfen in ihren Istanbuler Klubs Galatasaray (Podolski) und Beşiktaş (Gómez) um Spielzeiten und ein EM-Ticket.

Deutschland gehört bei der Europameisterschaft zu den Topfavoriten – ganz gleich, wie der Kader schließlich aussehen mag. Bundestrainer Joachim Löw hat schon oft bewiesen, dass er sein Team glänzend zusammenstellen und auf ein großes Turnier einschwören kann. Dass seine Spieler selbst anspruchsvollste Anweisungen sofort in die Tat umsetzen, zeigte Mario Götze beim WM-Finale von Rio. »Zeig der Welt, dass du besser bist als Messi«, hatte ihm Löw bei seiner Einwechslung mit auf den Weg gegeben. In Frankreich darf er es gern wieder zeigen.

Sturm: Thomas Müller (M.), Mario Götze (r.). Patrick Herrmann, Lukas Podolski, Christoph Kramer beim Länderspiel Deutschland – USA am 10.6.2015. Patrick Hermann beim EM-Qualifikationsspiel Deutschland – Gibraltar am 13.6.2015.

Das Team hinter dem Team

Jeder kennt Bundestrainer **Joachim Löw**, seinen Assistenten **Thomas Schneider**, Torwarttrainer **Andreas Köpke** und Teammanager **Oliver Bierhoff**. Doch damit auch hinter den Kulissen alles glattläuft, die medizinische Versorgung funktioniert, alle rechtzeitig von A nach B kommen, optimal ernährt werden etc., braucht es eine ganze Reihe fleißiger Helfer. Hier sind die wichtigsten:

Auf Weg zum Einsatz: Mannschaftsarzt Müller-Wohlfahrt (l.) und Physiotherapeut Eder (r.)

Urs Siegenthaler. Der ehemalige Schweizer Fußballspieler und -trainer beobachtet als Chefscout Spiele in aller Welt, erstellt Analysen und wertet Informationen über die Gegner aus. Sozusagen der Geheimagent des deutschen Fußballs.

Hans-Wilhelm Müller-Wohlfahrt. Der Pastorensohn aus Niedersachsen war fast vier Jahrzehnte Teamarzt des FC Bayern und betreut die Nationalmannschaft seit 1995. Neben seinen medizinischen Fähigkeiten besticht »Mull«, Jahrgang 1942, durch seine Sprintqualitäten, die immer dann zum Einsatz kommen, wenn ein verletzter Spieler am Boden liegt.

Klaus Eder ist seit der EM 1998 Physiotherapeut des Teams. Beim Sprinten nicht ganz so versiert wie Müller-Wohlfahrt. Zog sich im Spiel gegen Österreich einen Muskelfaserriss zu, als er dem angeschlagenen Marcel Schmelzer zur Hilfe eilte.

Hans-Dieter Hermann weiß als Diplom-Psychologe, wo die Spieler im übertragenen Sinne der Schuh drückt. Sozusagen der Kopf-und Seelen-Coach der deutschen Mannschaft.

Was gibt's denn hier zu tuscheln? – Bierhoff, Löw und Pressesprecher Grittner (v. l.)

Ein Mann, ein Bus für eine Mannschaft: Chauffeur Hochfellner

Thomas Mai ist als Chef-Zeugwart zuständig, wenn tatsächlich das Schuhwerk klemmt. Hütet das Teamgepäck wie seinen Augapfel.

Holger Stromberg kann als Sternekoch alles an den Töpfen. Entscheidet darüber, was bei unseren Elitekickern auf den Tisch kommt. Sein Leitspruch: »Du spielst, wie du isst.«

Wolfgang Hochfellner lenkt seit 1992 gekonnt den Mannschaftbus und hat 2007 die Leitung des DFB-Fuhrparks inne. Fungiert auf Auslandsreisen auch mal als Aushilfszeugwart oder wie er selbst sagt: als »Mädchen für vieles«.

Jens Grittner ist Pressesprecher und arbeitete als solcher schon bei der WM 2006 und der Frauen-WM 2011. Kann alles am Mikro. »Ziel ist es, mit den Journalisten Doppelpass zu spielen«, sagt er.

Spielfreude geht auch durch den Magen: Mannschaftskoch Stromberg

Die EM-Teams

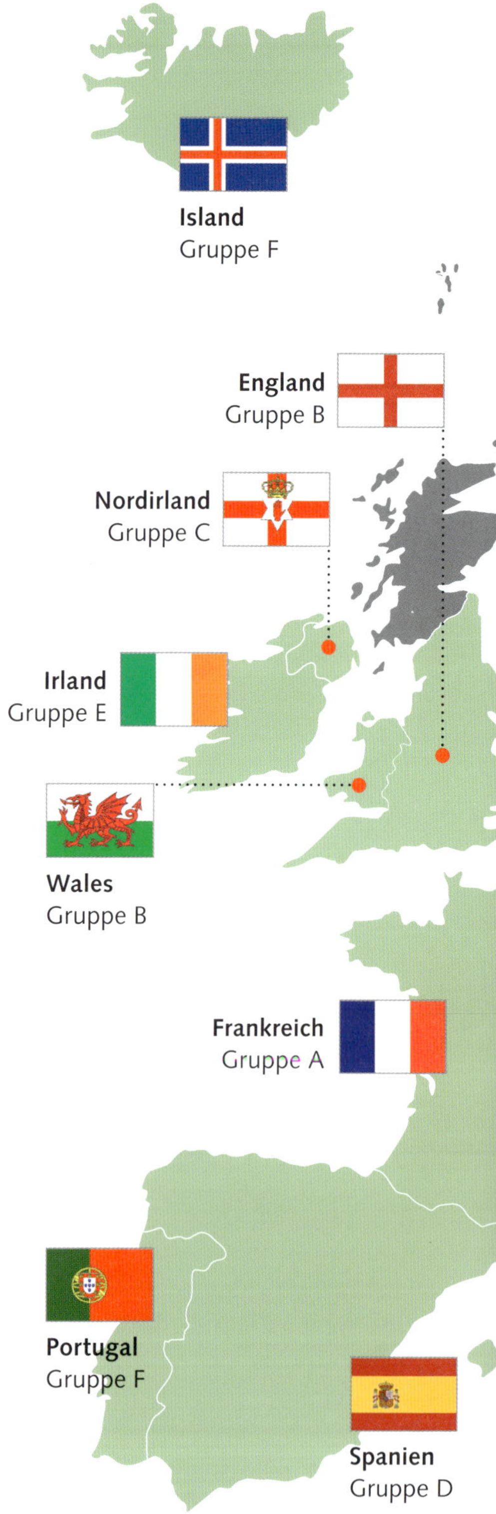
Island
Gruppe F
England
Gruppe B
Nordirland
Gruppe C
Irland
Gruppe E
Wales
Gruppe B
Frankreich
Gruppe A
Portugal
Gruppe F
Spanien
Gruppe D

Slowakei
Gruppe B
Tschechien
Gruppe D
Schweden
Gruppe E
Schweiz
Gruppe A
Belgien
Gruppe E
Russland
Gruppe B
Deutschland
Gruppe C
Polen
Gruppe C
Ukraine
Gruppe C
Rumänien
Gruppe A
Albanien
Gruppe A
Italien
Gruppe E
Türkei
Gruppe D
Österreich
Gruppe F
Kroatien
Gruppe D
Ungarn
Gruppe F

KADER

Name	aktueller Verein …	in …	Länderspiele
TORHÜTER			
Hugo Lloris	Tottenham Hotspur	ENG	69
Steve Mandanda	Olympique Marseille	FRA	0
Benoît Costil	FC Stade Rennes	FRA	20
ABWEHR			
Raphaël Varane	Real Madrid	ESP	23
Eliaquim Mangala	Manchester City	ENG	6
Laurent Koscielny	FC Arsenal	ENG	24
Loïc Perrin	AS Saint-Étienne	FRA	0
Lucas Digne	AS Roma	ITA	10
Patrice Evra	Juventus Turin	ITA	67
Bacary Sagna	Manchester City	ENG	51
Christophe Jallet	Olympique Lyon	FRA	9
MITTELFELD			
Morgan Schneiderlein	Manchester United	ENG	11
Lassana Diarra	Olympique Marseille	FRA	28
Paul Pogba	Juventus Turin	ITA	25
Blaise Matuidi	Paris Saint-Germain	FRA	37
Yohan Cabaye	Crystal Palace	ENG	40
Moussa Sissoko	Newcastle United	ENG	31
Hatem Ben Arfa	OGC Nizza	FRA	13
Mathieu Valbuena	Olympique Lyon	FRA	52
STURM			
Kingsley Coman	FC Bayern München	GER	1
Antoine Griezmann	Atlético Madrid	ESP	20
Anthony Martial	Manchester United	ENG	2
Olivier Giroud	FC Arsenal	ENG	41
André-Pierre Gignac	Tigres UANL	MEX	21
Karim Benzema	Real Madrid	ESP	78
TRAINER			
Didier Deschamps			

Gruppe	A
FIFA-Code	FRA
FIFA-Rang	25
Farben	blaues Trikot/weiße Hose oder weiß-blaues Trikot/blaue Hose
Ausstatter	Nike
Rekordtorschütze	Thierry Henri (51)
Rekordspieler	Lilian Thuram (142)
Erfolge	Weltmeister 1998

Frankreich

Die »Équipe Tricolore« zeigte schon bei der WM 2014, dass mit ihr wieder zu rechnen ist. Das Team von Didier Deschamps ist sehr ausgeglichen besetzt und hat neben erfahrenen Akteuren eine ganze Reihe hochtalentierter junger Spieler in seinen Reihen. Wenn es Deschamps gelingt, die Euphorie seiner Anhänger zu entfachen, dann ist der dritte Titelgewinn im eigenen Land kein allzu ferner Traum!

Paul Pogba
Der dynamische und trickreiche Mittelfeldspieler ist eines der größten Talente des Weltfußballs. Wurde von der FIFA zum besten Nachwuchsspieler der WM 2014 gewählt. Gilt als exzentrisch und bescheiden zugleich.

KADER

Name	aktueller Verein …	in …	Länderspiele
TORHÜTER			
Silviu Lung	Astra Giurgiu	ROU	3
Costel Pantilimon	AFC Sunderland	ENG	20
Ciprian Tătăruşanu	AC Florenz	ITA	34
ABWEHR			
Vlad Chiricheş	SSC Neapel	ITA	37
Valerică Găman	Astra Giurgiu	ROU	13
Dragoş Grigore	al-Sailiya	QAT	17
Alexandru Măţel	Dinamo Zagreb	CRO	14
Răzvan Raţ	Rayo Vallecano	ESP	108
Cristian Săpunaru	Pandurii Târgu Jiu	ROU	10
MITTELFELD			
Ovidiu Hoban	Hapoel Be'er Scheva	ISR	16
Alexandru Maxim	VfB Stuttgart	GER	26
Doru Pintilii	Hapoel Tel Aviv	ISR	27
Adrian Popa	Steaua Bukarest	ROU	10
Andrei Prepeliţă	Ludogorez Rasgrad	BUL	7
Gabriel Tamaş	Cardiff City	WAL	65
Gabriel Torje	Osmanlıspor FK	TUR	46
STURM			
Florin Andone	FC Córdoba	ESP	4
Andrei Ivan	CS Universitatea Craiova	ROU	1
Claudiu Keşerü	Ludogorez Rasgrad	BUL	9
Bogdan Stancu	Gençlerbirliği Ankara	TUR	37
Raul Rusescu	Osmanlıspor FK	TUR	8
TRAINER			
Anghel Iordănescu			

Răzvan Dincă Raţ
Der langjährige Kapitän des Nationalteams entwickelte sich in seinen Jahren bei Schachtar Donezk (2003–2013) zu einem exzellenten Außenverteidiger. Für seine Leistungen in der Qualifikation zur EM 2008 erhielt er den Verdienstorden »Meritul sportiv« III. Klasse.

Gruppe	A
FIFA-Code	ROU
FIFA-Rang	16
Farben	gelbes Trikot/gelbe Hose oder rotes Trikot/rote Hose
Ausstatter	Joma
Rekordtorschütze	Gheorghe Hagi, Adrian Mutu (35)
Rekordspieler	Dorinel Munteanu (134)
Erfolge	WM-Viertelfinale 1994, EM-Viertelfinale 2000

Rumänien

Die Glanzzeit der »Tricolorii« (der »Dreifarbigen«, nach der Flagge des Landes) liegt in den 1990er-Jahren, als man, angeführt vom genialen Spielmacher Gheorghe Hagi, bei mehreren großen Turnieren für Furore sorgte. Prunkabteilung des aktuellen Teams ist die Defensive, die während der gesamten Qualifikation nur zwei Gegentore hinnehmen musste.

KADER

Name	aktueller Verein ...	in ...	Länderspiele
TORHÜTER			
Etrit Berisha	Lazio Rom	ITA	25
Orges Shehi	KF Skënderbeu Korça	ALB	5
Alban Hoxha	FK Partizani Tirana	ALB	0
ABWEHR			
Elseid Hysaj	SSC Neapel	ITA	14
Lorik Cana (C)	FC Nantes	FRA	87
Mergim Mavraj	1. FC Köln	GER	23
Naser Aliji	FC Basel	SUI	1
Taulant Xhaka	FC Basel	SUI	4
Berat Djimsiti	FC Zürich	SUI	0
Ansi Agolli	FK Qarabağ Ağdam	AZE	54
MITTELFELD			
Ermir Lenjani	FC Nantes	FRA	14
Odise Roshi	HNK Rijeka	CRO	23
Amir Abrashi	SC Freiburg	GER	13
Shkelzen Gashi	FC Basel	SUI	6
Burim Kukeli	FC Zürich	SUI	11
Migjen Basha	FC Luzern	SUI	9
Ledian Memushaj	Delfino Pescara	ITA	9
Ergys Kaçe	PAOK Thessaloniki	GRE	12
Andi Lila	Olympique Lyon	FRA	53
Ervin Bulku	KF Tirana	ALB	56
STURM			
Edmond Kapllani	FSV Frankfurt	GER	41
Valdet Rama	1860 München	GER	15
Hamdi Salihi	KF Skënderbeu Korça	ALB	50
Armando Sadiku	FC Zürich	SUI	12
Bekim Balaj	HNK Rijeka	CRO	9
Sokol Cikalleshi	Istanbul Başakşehir FK	TUR	9
TRAINER			
Giovanni De Biasi			

Gruppe	A
FIFA-Code	ALB
FIFA-Rang	38
Farben	rotes Trikot/schwarze Hose oder weißes Trikot/schwarze Hose
Ausstatter	Adidas
Rekordtorschütze	Erjon Bogdani (18)
Rekordspieler	Lorik Cana (87)
Erfolge	EM-Teilnahme 2016

Albanien

Die »Kuq e zinjtë« (Rot-Schwarzen) nehmen zum ersten Mal an einer Europameisterschaft teil, nachdem sie in einer turbulenten Qualifikation Dänemark, Serbien und Armenien hinter sich lassen konnten. Doch was dem Team vom Balkan wirklich dringend fehlt, ist ein echter Torjäger. Alles andere als ein Ausscheiden in der Vorrunde wäre ein sensationeller Erfolg.

Lorik Cana
Der 1,86 Meter große Innenverteidiger, der neben einem albanischen auch einen französischen Pass besitzt, ist Rekordnationalspieler seines Landes und führt die »Rot-Schwarzen« als Kapitän aufs Feld. Nach Stationen bei Paris Saint-Germain, Olympique Marseille, AFC Sunderland, Galatasaray Istanbul und AS Rom steht er zurzeit beim FC Nantes unter Vertrag.

KADER

Name	aktueller Verein ...	in ...	Länderspiele
TORHÜTER			
Yann Sommer	Borussia Mönchengladbach	GER	15
Roman Bürki	Borussia Dortmund	GER	4
Marwin Hitz	FC Augsburg	GER	2
ABWEHR			
Fabian Schär	TSG 1899 Hoffenheim	GER	17
Ricardo Rodríguez	VfL Wolfsburg	GER	33
Fabian Lustenberger	Hertha BSC Berlin	GER	3
Johan Djourou	Hamburger SV	GER	59
Steve von Bergen	BSC Young Boys	SUI	43
Timm Klose	VfL Wolfsburg	GER	12
François Moubandje	FC Toulouse	FRA	8
Stephan Lichtsteiner	Juventus Turin	ITA	79
Michael Lang	FC Basel	SUI	13
MITTELFELD			
Gökhan Inler	Leicester City	ENG	89
Valon Behrami	FC Watford	ENG	63
Granit Xhaka	Borussia Mönchengladbach	GER	39
Gelson Fernandes	FC Stade Rennes	FRA	53
Pajtim Kasami	Olympiakos Piräus	GRE	10
Silvan Widmer	Udinese Calcio	ITA	5
Valentin Stocker	Hertha BSC Berlin	GER	33
Luca Zuffi	FC Basel	SUI	3
STURM			
Xherdan Shaqiri	Stoke City	ENG	53
Admir Mehmedi	Bayer 04 Leverkusen	GER	38
Haris Seferovic	Eintracht Frankfurt	GER	27
Josip Drmic	Borussia Mönchengladbach	GER	25
Eren Derdiyok	Kasimpasa	TUR	50
TRAINER			
Vladimir Petković			

Gökhan Inler
Zieht als Kapitän der »Nati« die Fäden im zentralen Mittelfeld. Die 17,7 Millionen Euro, die der SSC Neapel 2011 an Udinese Calcio überwies, sind die höchste Ablösesumme, die je für einen Schweizer Spieler gezahlt wurden. Kickt seit 2015 für Leicester City.

Gruppe	A
FIFA-Code	SUI
FIFA-Rang	12
Farben	rotes Trikot/weiße Hose oder weißes Trikot/ rote Hose
Ausstatter	Puma
Rekordtorschütze	Alexander Frei (42)
Rekordspieler	Heinz Hermann (118)
Erfolge	WM-Viertelfinale 1934, 1938, 1954

Schweiz

Die Schweiz hat sich in den letzten Jahren zu einem Klasseteam entwickelt, woran ihr ehemaliger Trainer Ottmar Hitzfeld (2008–14) entscheidenden Anteil hatte. Viele Spieler sind in europäischen Top-Ligen, vor allem in der deutschen Bundesliga tätig. An einem guten Tag können die Eidgenossen jeden Gegner schlagen. Der Einzug ins Achtelfinale ist ihnen allemal zuzutrauen.

KADER

Name	aktueller Verein ...	in ...	Länderspiele
TORHÜTER			
Joe Hart	Manchester City	ENG	57
Ben Foster	West Bromwich Albion	ENG	7
Jack Butland	Stoke City	ENG	3
ABWEHR			
Chris Smalling	Manchester United	ENG	21
Phil Jones	Manchester United	ENG	20
Leighton Baines	FC Everton	ENG	30
Gary Cahill	FC Chelsea	ENG	37
Calum Chambers	FC Arsenal	ENG	3
Nathaniel Clyne	FC Liverpool	ENG	4
Kieran Gibbs	FC Arsenal	ENG	9
Phil Jagielka	FC Everton	ENG	35
MITTELFELD			
Jordan Henderson	FC Liverpool	ENG	18
Adam Lallana	FC Liverpool	ENG	19
James Milner	FC Liverpool	ENG	57
Alex Oxlade-Chamberlain	FC Arsenal	ENG	22
Andros Townsend	Tottenham Hotspur	ENG	6
Jack Wilshere	FC Arsenal	ENG	28
STURM			
Rickie Lambert	FC Liverpool	ENG	11
Wayne Rooney	Manchester United	ENG	106
Raheem Sterling	Manchester City	ENG	15
Danny Welbeck	FC Arsenal	ENG	32
Harry Kane	Tottenham Hotspur	ENG	8
TRAINER			
Roy Hodgson			

Wayne Rooney
Der Torjäger irischer Abstammung ist wohl der einzige echte Weltklassemann im Kader der »Three Lions«. Mit unwiderstehlichem Antritt und einem beidfüßig harten Schuss ausgestattet. Übernahm das Kapitänsamt nach der WM 2014 von Steven Gerrard und ist seit dem 8. September 2015 Rekordtorschütze seines Landes.

Gruppe	B
FIFA-Code	ENG
FIFA-Rang	9
Farben	weißes Trikot/weiße Hose oder rotes Trikot/ weiße Hose
Ausstatter	Nike
Rekordtorschütze	Wayne Rooney (50)
Rekordspieler	Peter Shilton (125)
Erfolge	Weltmeister 1966

England

Zehn Spiele, zehn Siege. Die Engländer spielten eine perfekte Qualifikation und ließen insgesamt nur drei Gegentore zu. Somit gehören sie – mal wieder – zum erweiterten Favoritenkreis. Das Mutterland des Fußballs wartet seit genau 50 Jahren sehnsüchtig auf den zweiten Titel nach dem Gewinn der Weltmeisterschaft 1966.

KADER

Name	aktueller Verein …	in …	Länderspiele
TORHÜTER			
Igor Akinfeev	ZSKA Moskau	RUS	85
Yuri Lodygin	Zenit St. Petersburg	RUS	9
Artem Rebrov	Spartak Moskau	RUS	1
ABWEHR			
Andrey Semenov	Terek Grozny	RUS	3
Ivan Novoseltsev	FK Rostov	RUS	3
Aleksey Berezutski	ZSKA Moskau	RUS	92
Viktor Vasin	ZSKA Moskau	RUS	2
Sergey Ignashevich	ZSKA Moskau	RUS	114
Roman Shishkin	Lokomotiv Moskau	RUS	10
Oleg Kuzmin	Rubin Kazan	RUS	4
MITTELFELD			
Igor Denisov	Dynamo Moskau	RUS	52
Denis Glushakov	Spartak Moskau	RUS	40
Artur Yusupov	Zenit St. Petersburg	RUS	1
Pavel Mamaev	FK Krasnodar	RUS	8
Roman Shirokov	Spartak Moskau	RUS	52
Aleksandr Samedov	Lokomotive Moskau	RUS	26
Dmitri Kombarov	Spartak Moskau	RUS	37
Yuri Zhirkov	Dynamo Moskau	RUS	67
Alan Dzagoev	ZSKA Moskau	RUS	48
STURM			
Aleksey Ionov	Dynamo Moskau	RUS	10
Vladislav Ignatjev	Kuban Krasnodar	RUS	2
Denis Cheryshev	Real Madrid	ESP	9
Artem Dzyuba	Zenit St. Petersburg	RUS	15
Fedor Smolov	FK Krasnodar	RUS	10
TRAINER			
Leonid Sluzki			

Roman Shirokov
Seine Karriere kam erst spät ins Rollen, was vielleicht auch daran liegt, dass Shirokov mit seiner provokanten Art als Störfaktor betrachtet wurde. Täuschte bei Torpedo sogar einen Beinbruch vor, weil er eine Zeit lang unentschuldigt im Training fehlte. Fußballerisch ist er jedoch über jeden Zweifel erhaben und wurde 2012 als wichtigster Spieler der russischen Liga ausgezeichnet.

Gruppe	B
FIFA-Code	RUS
FIFA-Rang	24
Farben	rotes Trikot/rote Hose oder weißes Trikot/ weiße Hose
Ausstatter	Adidas
Rekordtorschütze	Alexander Kerschakow (30)
Rekordspieler	Sergei Ignaschewitsch (114)
Erfolge	WM-Teilnahmen 1994, 2002, EM-Halbfinale 2008

Russland

Neue Besen kehren gut. Drei Jahre lang coachte der italienische Startrainer Fabio Capello die »Sbornaja«. Als die EM-Qualifikation in Gefahr geriet, ersetzte man ihn kurzerhand durch Leonid Sluzki. Die Folge: Man gewann alle verbliebenen vier Spiele und darf sich nun in Frankreich mit den besten Teams des Kontinents messen.

KADER

Name	aktueller Verein …	in …	Länderspiele
TORHÜTER			
Wayne Hennessey	Chrystal Palace	ENG	54
Danny Ward	FC Aberdeen	SCO	0
Owain Fôn Williams	Inverness Caledonian Thistle	SCO	1
ABWEHR			
Ashley Williams	Swansea City	ENG	56
James Chester	West Bromwich Albion	ENG	8
James Collins	West Ham United	ENG	46
Ben Davies	Tottenham Hotspur	ENG	18
Neil Taylor	Swansea City	ENG	26
Paul Dummett	Newcastle United	ENG	2
Chris Gunter	FC Reading	ENG	64
Adam Henley	Blackburn Rovers	ENG	1
MITTELFELD			
Emyr Huws	Huddersfield Town	ENG	5
David Vaughan	Nottingham Forest	ENG	40
Aaron Ramsey	FC Arsenal	ENG	38
Joe Allen	FC Liverpool	ENG	23
Joe Ledley	Crystal Palace	ENG	59
Andy King	Leicester City	ENG	32
David Cotterill	Birmingham City	ENG	22
Jonathan Williams	Nottingham Forest	ENG	9
David Edwards	Wolverhampton Wanderers	ENG	31
STURM			
Hal Robson-Kanu	FC Reading	ENG	30
Gareth Bale	Real Madrid	ESP	54
Tom Lawrence	Blackburn Rovers	ENG	2
Sam Vokes	FC Burnley	ENG	37
Simon Church	Milton Keynes Dons	ENG	33
TRAINER			
Chris Coleman			

Gareth Bale
Der beidfüßige, schussgewaltige Flügelspieler wechselte 2013 für 91 Mio. Euro zu Real Madrid. Es war der zweitteuerste Transfer der Geschichte (nach Christiano Ronaldo). Hätte aufgrund seiner familiären Wurzeln auch für England spielen können, doch der englische Verband hat nach seiner Aussage nie Kontakt zu ihm aufgenommen.

Gruppe	B
FIFA-Code	WAL
FIFA-Rang	17
Farben	rotes Trikot/weiße Hose oder weißes Trikot/weiße Hose
Ausstatter	Adidas
Rekordtorschütze	Ian Rush (28)
Rekordspieler	Neville Southall (92)
Erfolge	WM-Viertelfinale 1958, EM-Teilname 2016

Wales

Die »Dragons« stehen vor ihrer ersten EM-Teilnahme und bekommen es in der Gruppenphase mit dem großen Nachbarn aus England zu tun. Doch der dürfte gewarnt sein, denn schon im Juli 2015 befanden sich die Waliser erstmals in der Top Ten der Weltrangliste. In der Qualifikation belegten sie nur knapp hinter Belgien Platz zwei in der Gruppe B und ließen Bosnien-Herzegowina hinter sich.

KADER

Name	aktueller Verein ...	in ...	Länderspiele
TORHÜTER			
Matús Kozácik	FC Viktoria Pilsen	CZE	14
Ján Mucha	Slovan Bratislava	SVK	43
Ján Novota	Rapid Wien	AUS	1
ABWEHR			
Martin Skrtel	FC Liverpool	ENG	76
Tomas Hubocan	Dynamo Moskau	RUS	42
Norbert Gyömber	AS Rom	ITA	10
Jan Durica	Lokomotiv Moskau	RUS	74
Kornel Salata	Slovan Bratislava	SVK	14
Lukás Tesák	Arsenal Tula	RUS	1
Peter Pekarík	Hertha BSC Berlin	GER	63
MITTELFELD			
Viktor Pecovsky	MSK Zilina	SVK	28
Marek Hamsik	SSC Neapel	ITA	82
Juraj Kucka	AC Mailand	ITA	44
Patrik Hrosovsky	FC Viktoria Pilsen	CZE	5
Erik Sabo	PAOK Thessaloniki	GRE	4
Jan Gregus	FK Jablonec	CZE	2
Ondrej Duda	Legia Warschau	POL	5
STURM			
Vladimír Weiss	Lekhwiya Sports Club	QAT	46
Róbert Mak	PAOK Thessaloniki	GRE	22
Dusan Svento	1. FC Köln	GER	34
Miroslav Stoch	Bursaspor	TUR	51
Michal Duris	FC Viktoria Pilsen	CZE	20
Stanislav Sestak	Ferenzváros Budapest	HUN	61
Adam Nemec	Willem II Tiburg	NED	18
Róbert Vittek	Slovan Bratislava	SVK	81
Martin Jakubko	MFK Ruzomberok	SVK	39
TRAINER			
Ján Kozák			

Gruppe	B
FIFA-Code	SVK
FIFA-Rang	26
Farben	blaues Trikot/blaue Hose oder weißes Trikot/weiße Hose
Ausstatter	Puma
Rekordtorschütze	Róbert Vittek (23)
Rekordspieler	Miroslav Karhan (107)
Erfolge	WM-Achtelfinale 2010, EM-Teilnahme 2016

Slowakei

Die slowakische Mannschaft bestritt ihr erstes Pflichtspiel im Rahmen der EM-Qualifikation 1996 und gehört zu den jüngsten Nationalteams Europas. Dass mit ihr auch in Frankreich zu rechnen sein wird, zeigt allein die Tatsache, dass sie in der Qualifikation die Ukraine distanzierte und mit 2:1 gegen Titelverteidiger Spanien gewann.

Martin Skrtel
Der kampfstarke Innenverteidiger hält bereits seit 2005 die Abwehr des FC Liverpool zusammen und ist Kapitän des Nationalteams. War auch ein guter Eishockeyspieler, ehe er sich für den Fußball entschied. Wurde viermal zum slowakischen Fußballer des Jahres gewählt.

KADER

Name	aktueller Verein …	in …	Länderspiele
TORHÜTER			
Manuel Neuer	FC Bayern München	GER	63
Ron-Robert Zieler	Hannover 96	GER	6
Marc-André ter Stegen	FC Barcelona	ESP	4
ABWEHR			
Jérôme Boateng	FC Bayern München	GER	57
Mats Hummels	Borussia Dortmund	GER	44
Shkodran Mustafi	FC Valencia	ESP	9
Antonio Rüdiger	AS Rom	ITA	7
Bendict Höwedes	FC Schalke 04	GER	32
Jonas Hector	1. FC Köln	GER	10
Matthias Ginter	Borussia Dortmund	GER	8
Sebastian Rudy	TSG 1899 Hoffenheim	GER	9
Emre Can	FC Liverpool	ENG	3
Marcel Schmelzer	Borussia Dortmund	GER	16
MITTELFELD			
Bastian Schweinsteiger	Manchester United	ENG	114
Toni Kroos	Real Madrid	ESP	62
Mesut Özil	Arsenal London	ENG	70
Ilkay Gündoğan	Borussia Dortmund	GER	16
Sami Khedira	Juventus Turin	ITA	57
Marco Reus	Borussia Dortmund	GER	27
Julian Draxler	VfL Wolfsburg	GER	16
Christoph Kramer	Bayer 04 Leverkusen	GER	11
Leroy Sané	FC Schalke 04	GER	1
ANGRIFF			
Mario Götze	FC Bayern München	GER	48
Thomas Müller	FC Bayern München	GER	68
André Schürrle	VfL Wolfsburg	GER	49
Lukas Podolski	Galatasaray Istanbul	TUR	126
Max Kruse	VfL Wolfsburg	GER	14
Karim Bellarabi	Bayer 04 Leverkusen	GER	10
Mario Gómez	Beşiktas Istanbul	TUR	61
Kevin Volland	TSG 1899 Hoffenheim	GER	5
TRAINER			
Joachim Löw			

Thomas Müller
Der bodenständige Bayer läuft nicht nur auf dem Platz, sondern auch am Mikro regelmäßig zu Höchstleistungen auf. Hat eine der erstaunlichsten Karrieren im Weltfußball hingelegt. Erkennt freie Räume, die sonst niemand sieht, überrascht durch unorthodoxe Laufwege und hat sich zu einem echten Goalgetter entwickelt. Als Führungsperson auf und neben dem Platz unersetzlich.

Gruppe	C
FIFA-Code	GER
FIFA-Rang	4
Farben	weißes Trikot/schwarze Hose oder grau-grünes Trikot/weiße Hose
Ausstatter	Adidas
Rekordtorschütze	Miroslav Klose (71)
Rekordspieler	Lothar Matthäus (150)
Erfolge	Weltmeister 1954, 1974, 1990, 2014

Deutschland

Trotz der mühsamen Qualifikation gehört der amtierende Weltmeister auch in Frankreich zu den Top-Favoriten auf den Titel. Schlüsselspieler wie Neuer, Hummels, Boateng, Özil, Kroos und Müller sind im allerbesten Fußballalter und verfügen über große internationale Erfahrung. Außerdem hat Trainer Jochim Löw schon oft bewiesen, dass er wie kein Zweiter in der Lage ist, den nötigen Teamspirit zu entfachen und seine Mannschaft punktgenau auf ein großes Turnier vorzubereiten.

KADER

Name	aktueller Verein …	in …	Länderspiele
TORHÜTER			
Andriy Pyatov	Schachtar Donezk	UKR	62
Denys Boyko	Dnipro Dnipropetrowsk	UKR	3
Mykyta Shevchenko	Zorya Luhansk	UKR	0
ABWEHR			
Yaroslav Rakitsky	Schachtar Donezk	UKR	38
Evgen Khacheridi	Dynamo Kiew	UKR	39
Oleksandr Kucher	Schachtar Donezk	UKR	47
Andriy Pylyavsky	Zorya Luhansk	UKR	1
Mykyta Kamenyuka	Zorya Luhansk	UKR	0
Vyacheslav Shevchuk	Schachtar Donezk	UKR	50
Artem Fedetsky	Dnipro Dnipropetrowsk	UKR	46
MITTELFELD			
Taras Stepanenko	Schachtar Donezk	UKR	25
Anatoliy Tymoshchuk	Kairat Almaty	KAZ	141
Denys Garmash	Dynamo Kiew	UKR	24
Sergiy Sydorchuk	Dynamo Kiew	UKR	9
Sergiy Rybalka	Dynamo Kiew	UKR	9
Ruslan Rotan	Dnipro Dnipropetrowsk	UKR	84
Oleksandr Karavaev	Zorya Luhansk	UKR	3
Ivan Petryak	Zorya Luhansk	UKR	3
Ruslan Malinovsky	Zorya Luhansk	UKR	4
STURM			
Evgen Konoplyanka	FC Sevilla	ESP	51
Oleg Gusev	Dynamo Kiew	UKR	97
Andriy Yarmolenko	Dynamo Kiew	UKR	55
Evgen Seleznev	Dnipro Dnipropetrowsk	UKR	49
Artem Kravets	Dynamo Kiew	UKR	13
Oleksandr Gladky	Schachtar Donezk	UKR	11
Pylyp Budkivsky	Zorya Luhansk	UKR	6
TRAINER			
Michail Fomenko			

Anatoliy Timoshchuk
Der kampfstarke defensive Mittelfeldspieler, der auch in der Verteidigung eingesetzt werden kann, ist mit 37 Jahren immer noch Kapitän seines Teams. Spielte 2009–2013 für den FC Bayern, wo er als Ergänzungsspieler meist solide Leistungen ablieferte. Wurde dreimal zum Fußballer des Jahres in der Ukraine gekürt.

Gruppe	C
FIFA-Code	UKR
FIFA-Rang	29
Farben	gelbes Trikot/gelbe Hose oder blaues Trikot/blaue Hose
Ausstatter	Adidas
Rekordtorschütze	Andriy Shevchenko (48)
Rekordspieler	Anatoliy Tymoshchuk (141)
Erfolge	WM-Viertelfinale 2006

Ukraine

In zehn Qualifikationsspielen kassierten die Ukrainer nur vier Gegentore, verloren jedoch dreimal denkbar knapp mit 0:1 und mussten sich mit dem dritten Gruppenplatz hinter Spanien und der Slowakei begnügen. In den Playoffs setzte sich die Mannschaft mit 2:0 und 1:1 gegen Slowenien durch.

KADER

Name	aktueller Verein …	in …	Länderspiele
TORHÜTER			
Artur Boruc	AFC Bournemouth	ENG	61
Łukasz Fabiański	Swansea City	WAL	28
Wojciech Szczęsny	AS Rom	ITA	24
Przemysław Tytoń	VfB Stuttgart	GER	13
ABWEHR			
Thiago Rangel Cionek	FC Modena	ITA	4
Kamil Glik	FC Turin	ITA	37
Artur Jędrzejczyk	FK Krasnodar	RUS	16
Tomasz Jodłowiec	KP Legia Warschau	POL	40
Michał Pazdan	KP Legia Warschau	POL	14
Łukasz Piszczek	Borussia Dortmund	GER	44
Łukasz Szukała	Osmanlıspor FK	TUR	17
MITTELFELD			
Jakub Wawrzyniak	Lechia Gdańsk	POL	47
Jakub Błaszczykowski	AC Florenz	ITA	75
Ariel Borysiuk	Lechia Gdańsk	POL	11
Kamil Grosicki	Stade Rennes	FRA	35
Bartosz Kapustka	Cracovia Krakau	POL	3
Grzegorz Krychowiak	FC Sevilla	ITA	31
Karol Linetty	Lech Posen	POL	9
Krzysztof Mączyński	Wisła Krakau	POL	8
Sebastian Mila	Lechia Gdańsk	POL	38
Sławomir Peszko	Lechia Gdańsk	POL	35
Maciej Rybus	Terek Grosny	RUS	40
Piotr Zieliński	FC Empoli	ITA	11
STURM			
Robert Lewandowski	FC Bayern München	GER	74
Arkadiusz Milik	Ajax Amsterdam	NED	22
Artur Sobiech	Hannover 96	GER	13
Mariusz Stępiński	Ruch Chorzów	POL	2
TRAINER			
Adam Nawałka			

Robert Lewandowski
Der technisch perfekte Mittelstürmer des FC Bayern zählt längst zu den weltbesten Torjägern und bricht als solcher einen Rekord nach dem anderen. Erzielte im Juni 2015 den schnellsten Hattrick der EM-Qualifikationsgeschichte (in exakt vier Minuten) und traf drei Monate später gegen den VfL Wolfsburg als Einwechselspieler fünf Mal binnen neun Minuten.

Gruppe	C
FIFA-Code	POL
FIFA-Rang	38
Farben	weißes Trikot/rote Hose oder rotes Trikot/weiße Hose
Ausstatter	Nike
Rekordtorschütze	Włodzimierz Lubański (48)
Rekordspieler	Michał Żewłakow (102)
Erfolge	WM-Dritter 1974, 1982

Polen

Die »Biało-Czerwoni« (die »Weiß-Roten«) qualifizierten sich als Zweiter der Gruppe D mit nur einem Punkt Rückstand hinter Deutschland für die EM. Im eigenen Stadion schlugen die Polen den amtierenden Weltmeister sogar mit 2:0. Und schon ihres überragenden Torjägers Robert Lewandowski wegen werden die anderen Nationen sich hüten, das polnische Team zu unterschätzen.

KADER

Name	aktueller Verein ...	in ...	Länderspiele
TORHÜTER			
Alan Mannus	St. Johnstone FC	SCO	7
Michael McGovern	Hamilton Academical FC	SCO	5
Roy Carroll	Notts County Eng	ENG	41
ABWEHR			
Jonny Evans	West Bromwich Albion	ENG	43
Patrick McNair	Manchester United	ENG	3
Gareth McAuley	West Bromwich Albion	ENG	53
Aaron Hughes	Melbourne City FC	AUS	96
Luke McCullough	Doncaster Rovers	ENG	3
Chris Brunt	West Bromwich Albion	ENG	51
Shane Ferguson	FC Millwall	ENG	19
Ryan McGivern	Porte Vale FC	ENG	23
Chris Baird	Derby County	ENG	72
Conor McLaughlin	Fleetwood Town	ENG	10
MITTELFELD			
Steven Davis	FC Southampton	ENG	75
Oliver Norwood	FC Reading	ENG	26
Corry Evans	Blackburn Rovers	ENG	29
Stuart Dallas	Leeds United	ENG	6
STURM			
Paddy McCourt	Luton Town	ENG	17
Josh Carson	York City	ENG	4
Jamie Ward	Nottingham Forest	ENG	16
Niall McGinn	FC Aberdeen	SCO	37
Kyle Lafferty	Norwich City	ENG	44
Will Grigg	Wigan Athletic	ENG	7
Billy McKay	Dundee United	SCO	10
Josh Magennis	Kilmarnock FC	SCO	13
TRAINER			
Michael O'Neill			

Gruppe	C
FIFA-Code	NIR
FIFA-Rang	30
Farben	grünes Trikot/weiße Hose oder weißes Trikot/blaue Hose
Ausstatter	Adidas
Rekordtorschütze	David Healy (36)
Rekordspieler	Pat Jennings (119)
Erfolge	WM-Viertelfinale 1958 und 1982, EM-Teilnahme 2016

Nordirland

Dem nordirischen Team gelang die wohl größte Sensation in der Qualifikation: Als Gewinner der Gruppe F sicherte es sich die erste EM-Teilnahme überhaupt. Bei Weltmeisterschaften war das Heimatland der Fußballerlegende George Best hingegen schon dreimal vertreten: 1958, 1982 und 1986.

Aaron Hughes
Der 36-jährige Innenverteidiger, der auch souverän in Außenverteidigung und Mittelfeld spielt, trägt seit 2002 die Kapitänsbinde der nordirischen Mannschaft. Ist als außergewöhnlich fairer Spieler bekannt und hat sich in seiner langen Karriere keine einzige rote Karte eingehandelt.

KADER

Name	aktueller Verein …	in …	Länderspiele
TORHÜTER			
Iker Casillas	FC Porto	POR	165
David de Gea	Manchester United	ENG	7
Sergio Rico	FC Sevilla	ESP	0
ABWEHR			
Sergio Ramos	Real Madrid	ESP	130
César Azpilicueta	FC Chelsea	ENG	11
Gerard Piqué	FC Barcelona	ESP	72
Dani Carvajal	Real Madrid	ESP	5
Marc Bartra	FC Barcelona	ESP	8
Juanfran Torres	Atlético Madrid	ESP	16
Juan Bernat	FC Bayern München	GER	6
Jordi Alba	FC Barcelona	ESP	33
MITTELFELD			
Sergio Busquets	FC Barcelona	ESP	84
Andrés Iniesta	FC Barcelona	ESP	107
Koke	Atlético Madrid	ESP	19
Cesc Fàbregas	FC Chelsea	ENG	101
David Silva	Manchester City	ENG	87
Thiago Alcántara	FC Bayern München	GER	7
Isco	Real Madrid	ESP	8
Santi Cazorla	FC Arsenal	ENG	78
STURM			
Álvaro Morata	Juventus Turin	ITA	6
Juan Mata	Manchester United	ENG	34
Paco Alcácer	FC Valencia	ESP	11
Pedro	FC Chelsea	ENG	54
Diego Costa	FC Chelsea	ENG	10
TRAINER			
Vicente del Bosque			

Andrés Iniesta
Einer der großen Strategen des internationalen Fußballs. Fühlt sich im zentralen Mittelfeld ebenso wohl wie auf der Außenbahn. Durch seine technische Perfektion kaum vom Ball zu trennen. Der »tödliche Pass« in die Schnittstelle der Abwehr gehört zu seinen Spezialitäten.

Gruppe	D
FIFA-Code	ESP
FIFA-Rang	3
Farben	rotes Trikot/rote Hose oder schwarzes Trikot/schwarze Hose
Ausstatter	Adidas
Rekordtorschütze	David Villa (61)
Rekordspieler	Iker Casillas (165)
Erfolge	Europameister 1964, 2008, 2012, Weltmeister 2010

Spanien

Nach den goldenen Jahren der »Furia Roja« (2008–2012), in denen die Spanier den Weltfußball beherrschten, ist inzwischen Ernüchterung eingekehrt. Bei der WM in Brasilien ging das Team bereits in der Vorrunde baden. Gestützt auf eine Reihe von Altstars befindet es sich derzeit in einem behutsamen Umbruch und will versuchen, in Frankreich an die alten Erfolge anzuknüpfen.

KADER

Name	aktueller Verein …	in …	Länderspiele
TORHÜTER			
Petr Čech	FC Arsenal	ENG	118
Tomáš Vaclík	FC Basel	SUI	4
Tomáš Koubek	FC Slovan Liberec	CZE	0
ABWEHR			
Marek Suchý	FC Basel	SUI	24
Theodor Gebre Selassie	Werder Bremen	GER	23
Tomáš Sivok	Bursaspor	TUR	49
Michal Kadlec	Fenerbahçe Istanbul	TUR	61
Václav Procházka	FC Viktoria Pilsen	CZE	14
David Limberský	FC Viktoria Pilsen	CZE	34
Daniel Pudil	Sheffield Wednesday	ENG	27
Pavel Kadeřábek	TSG 1899 Hoffenheim	GER	12
Tomáš Kalas	FC Middlesbrough	ENG	1
MITTELFELD			
Vladimír Darida	Hertha BSC Berlin	GER	29
David Pavelka	FC Slovan Liberec	CZE	5
Jaroslav Plašil	FC Girondins Bordeaux	FRA	9
Bořek Dočkal	Sparta Prag	CZE	20
Kamil Vacek	Piast Gliwice	POL	8
Jiří Skalák	FK Mladá Boleslav	CZE	3
Ondřej Zahustel	FK Mladá Boleslav	CZE	2
STURM			
Ladislav Krejčí	Sparta Prag	CZE	17
Josef Šural	FC Slovan Liberec	CZE	4
Matěj Vydra	FC Reading	ENG	15
Tomáš Necid	Bursaspor	TUR	32
David Lafata	Sparta Prag	CZE	37
Milan Škoda	Slavia Prag	CZE	5
TRAINER			
Pavel Vrba			

Petr Čech
Zählt seit vielen Jahren zu den besten Torhütern der Welt und peilt in Frankreich seine vierte EM-Teilnahme an. Erlitt 2006 einen Schädelbasisbruch und spielt seitdem mit einem 80 Gramm schweren Helm aus Kunststoff, der sein Markenzeichen geworden ist.

Gruppe	D
FIFA-Code	CZE
FIFA-Rang	26
Farben	rotes Trikot/weiße Hose oder weißes Trikot/weiße Hose
Ausstatter	Puma
Rekordtorschütze	Jan Koller (55)
Rekordspieler	Petr Čech und Karel Poborský (je 118)
Erfolge	EM-Zweiter 1996

Tschechien

Die Tschechen, die sich als Erster der Gruppe A vor Island und der Türkei das Ticket nach Frankreich sicherten, scheinen sich bei EM-Qualifikationen deutlich wohler zu fühlen als bei den Qualifikationsrunden zur Weltmeisterschaft. Seit sich die Tschechoslowakei 1993 in Tschechien und die Slowakei teilte, waren die Tschechen bei jeder EM vertreten, jedoch nur bei einer einzigen WM (2006).

KADER

Name	aktueller Verein …	in …	Länderspiele
TORHÜTER			
Volkan Babacan	Medipol Başakşehir	TUR	12
Mert Günik	Bursaspor	TUR	6
Hayrullah Akyüz	Adanaspor	TUR	0
ABWEHR			
Ahmet Calik	Gençlerbirliği Ankara	TUR	1
Atınç Nukan	RasenBallsport Leipzig	GER	1
Hakan Balta	Galatasaray Istanbul	TUR	43
Çağlar Söyüncü	Altinordu Izmir	TUR	0
İsmail Köybaşı	Beşiktaş Istanbul	TUR	15
Emre Taşdemir	Bursaspor	TUR	4
Gökhan Gönül	Beşiktaş Istanbul	TUR	53
Şener Özbayraklı	Fenerbahçe Istanbul	TUR	6
MITTELFELD			
Mehmet Topal	Fenerbahçe Istanbul	TUR	54
Ozan Tufan	Fenerbahçe Istanbul	TUR	20
Okay Yokuşlu	Trabzonspor	TUR	1
Hakan Çalhanoğlu	Bayer 04 Leverkusen	GER	16
Oğuzhan Özyakup	Beşiktaş Istanbul	TUR	15
Inan Selcuk	Galatasaray Istanbul	TUR	48
Yunus Mallı	FSV Mainz 05	GER	2
Emre Çolak	Galatasaray Istanbul	TUR	1
Arda Turan	FC Barcelona	ESP	79
STURM			
Olcay Sahan	Beşiktaş Istanbul	TUR	21
Yilmaz Burak	Galatasaray Istanbul	TUR	39
Alper Potuk	Fenerbahçe Istanbul	TUR	13
Yasin Öztekin	Galatasaray Istanbul	TUR	3
Cenk Tosun	Beşiktaş Istanbul	TUR	5
TRAINER			
Fatih Terim			

Arda Turan
Der torgefährliche Mittelfeldspieler, der bereits für Galatasaray Istanbul und Atlético Madrid tätig war, wechselte zur Saison 2015/16 für 34 Mio. Euro zum FC Barcelona. Das Nationalteam führt er als Kapitän aufs Feld und machte nebenher als Sänger Furore, als er 2014 in der türkischen Ausgabe von »The Voice« auftrat.

Gruppe	D
FIFA-Code	TUR
FIFA-Rang	21
Farben	rotes Trikot/rote Hose oder weißes Trikot/weiße Hose
Ausstatter	Nike
Rekordtorschütze	Hakan Şükür (51)
Rekordspieler	Rüştü Reçber (120)
Erfolge	WM-Dritter 2002, EM-Halbfinale 2008

Türkei

Die Türkei komplettiert als bester Gruppendritter der Qualifikationsphase das Teilnehmerfeld, gehört aber definitiv nicht zu den Favoriten. Nationaltrainer Fatih Terim darf hingegen als absoluter Experte für türkische EM-Teilnahmen gelten. 1996 führte er sein Team erstmals zu einer EM-Endrunde, 2008 sogar bis ins Halbfinale.

KADER

Name	aktueller Verein …	in …	Länderspiele
TORHÜTER			
Danijel Subašić	AS Monaco	FRA	18
Lovre Kalinić	Hajduk Split	CRO	2
Ivan Vargić	HNK Rijeka	CRO	2
ABWEHR			
Darijo Srna	Schachtar Donezk	UKR	127
Vedran Ćorluka	Lokomotive Moskau	RUS	85
Danijel Pranjić	Panathinaikos Athen	GRE	57
Domagoj Vida	Dynamo Kiew	UKR	34
Šime Vrsaljko	US Sassuolo	ITA	15
Josip Pivarić	Dinamo Zagreb	CRO	5
Marko Lešković	HNK Rijeka	CRO	3
Goran Milović	Hajduk Split	CRO	1
MITTELFELD			
Ivan Rakitić	FC Barcelona	ESP	75
Luca Modrić	Real Madrid	ESP	87
Ivan Perišić	Inter Mailand	ITA	41
Milan Badelj	AC Florenz	ITA	16
Marcelo Brozović	Inter Mailand	ITA	15
Ivan Močinić	HNK Rijeka	CRO	1
STURM			
Ivica Olić	Hamburger SV	GER	104
Mario Mandžukić	Juventus Turin	ITA	63
Nikola Kalinić	AC Florenz	ITA	26
Andrej Kramarić	Leicester City	ENG	9
TRAINER			
Ante Čačić			

Luca Modrić
Der Mittelfeldstar von Real Madrid bildet neben anderen hochkarätigen Legionären wie Mandžukić, Perišić und Rakitić das Grundgerüst des sehr erfahrenen Teams. Mit seinen explosiven Dribblings und genau getimten Pässen kann er jeden Gegner der Welt vor Probleme stellen.

Gruppe	D
FIFA-Code	CRO
FIFA-Rang	18
Farben	rot-weiß gewürfeltes Trikot/weiße Hose oder blaues Trikot/blaue Hose
Ausstatter	Nike
Rekordtorschütze	Davor Šuker (45)
Rekordspieler	Darijo Srna (127)
Erfolge	WM-Dritter 1998

Kroatien

Die »Kockasti« (»die Karierten«) sicherten sich ihre vierte EM-Teilnahme in Folge am letzten Spieltag der Qualifikation. Nur dank eines 1:0-Siegs auf Malta und einer 1:2-Niederlage Norwegens in Italien kletterte Kroatien in der Abschlusstabelle auf den zweiten Platz. Das kampfstarke und technisch versierte Team ist mit aktuellen und ehemaligen Bundesligastars wie Olić, Mandžukić, Pranjić, Perišić und Rakitiić gespickt.

KADER

Name	aktueller Verein ...	in ...	Länderspiele
TORHÜTER			
Thibaut Courtois	FC Chelsea	ENG	31
Simon Mignolet	FC Liverpool	ENG	15
Jean-François Gillet	KV Mechelen	BEL	9
ABWEHR			
Toby Alderweireld	Tottenham Hotspur	ENG	38
Thomas Vermaelen	FC Barcelona	ESP	48
Vincent Kompany	Manchester City	ENG	63
Jan Vertonghen	Tottenham Hotspur	ENG	61
Jason Denayer	Manchester City	ENG	3
Nicolas Lombaerts	Zenit Sankt Petersburg	RUS	26
Anthony Vanden Borre	RSC Anderlecht	BEL	26
Thomas Meunier	FC Brügge	BEL	3
MITTELFELD			
Axel Witsel	Zenit Sankt Petersburg	RUS	52
Kevin de Bruyne	Manchester City	ENG	34
Marouane Fellaini	Manchester United	ENG	55
Eden Hazard	FC Chelsea	ENG	50
Dries Mertens	SSC Neapel	ITA	30
Steven Defour	RSC Anderlecht	BEL	44
Mousa Dembélé	Tottenham Hotspur	ENG	59
Adnan Januzaj	Borussia Dortmund	GER	2
Nacer Chadli	Tottenham Hotspur	ENG	24
Radja Nainggolan	AS Rom	ITA	12
STURM			
Romelu Lukaku	FC Everton	ENG	33
Kevin Mirallas	FC Everton	ENG	48
Divock Origi	FC Liverpool	ENG	7
Christian Benteke	FC Liverpool	ENG	24
TRAINER			
Marc Wilmots			

Kevin de Bruyne
Der offensive Mittelfeldspieler, der auch auf den Flügeln eingesetzt werden kann, wechselte zur Saison 2015/16 für 75 Mio. Euro vom VfL Wolfsburg zu Manchester City. Dort hat er sich zu einem absoluten Weltklassespieler entwickelt, der die Eigenschaften des kreativen Spielgestalters und des Torjägers in einer Person vereint.

Gruppe	E
FIFA-Code	BEL
FIFA-Rang	1
Farben	rotes Trikot/rote Hose oder schwarzes Trikot/ schwarze Hose
Ausstatter	Adidas
Rekordtorschütze	Paul Van Himst, Bernard Voorhoof (je 30)
Rekordspieler	Jan Ceulemans (96)
Erfolge	EM-Zweiter 1980, WM-Vierter 1986

Belgien

Die »Roten Teufel« verfügen derzeit über das wohl stärkste Nationalteam aller Zeiten. Die »Goldene Generation« um Spieler wie Kevin de Bruyne, Eden Hazard, Nacer Chadli, Vincent Kompany und Marouane Fellaini hat sich auf Platz 1 der FIFA-Weltrangliste vorgearbeitet. Ob es für das kleine Land erstmals zum ganz großen Wurf reicht, bleibt abzuwarten.

KADER

Name	aktueller Verein …	in …	Länderspiele
TORHÜTER			
Gianluigi Buffon	Juventus Turin	ITA	154
Salvatore Sirigu	Paris Saint-Germain	FRA	15
Mattia Perin	CFC Genua	ITA	1
ABWEHR			
Leonardo Bonucci	Juventus Turin	ITA	53
Giorgio Chiellini	Juventus Turin	ITA	82
Davide Astori	AC Florenz	ITA	9
Andrea Barzagli	Juventus Turin	ITA	54
MITTELFELD			
Alessandro Florenzi	AS Rom	ITA	13
Matteo Darmian	Manchester United	ENG	19
Mattia De Sciglio	AC Mailand	ITA	18
Claudio Marchisio	Juventus Turin	ITA	49
Riccardo Montolivo	AC Mailand	ITA	61
Marco Verratti	Paris Saint-Germain	FRA	12
Roberto Soriano	Sampdoria Genua	ITA	8
Daniele de Rossi	AS Rom	ITA	100
Marco Parolo	Lazio Rom	ITA	16
Antonio Candreva	Lazio Rom	ITA	33
STURM			
Stephan El Shaarawy	AS Monaco	FRA	12
Mario Balotelli	AC Mailand	ITA	33
Lorenzo Insigne	SSC Neapel	ITA	6
Alessio Cerci	AC Mailand	ITA	14
Ciro Immobile	FC Sevilla	ESP	12
Manolo Gabbiadini	SSC Neapel	ITA	6
Simone Zaza	Juventus Turin	ITA	7
Graziano Pellè	FC Southampton	ENG	10
TRAINER			
Antonio Conte			

Gianluigi Buffon
Der viermalige Welttorhüter des Jahres gilt als einer der besten Keeper der Geschichte. Seit 1997 hütet »Gigi« nun schon den Kasten der italienischen Nationalmannschaft und ist bis heute die unangefochtene Nummer eins zwischen den Pfosten.

Gruppe	E
FIFA-Code	ITA
FIFA-Rang	15
Farben	blaues Trikot/weiße Hose oder grau-grünes Trikot/weiße Hose
Ausstatter	Puma
Rekordtorschütze	Luigi Riva (35)
Rekordspieler	Gianluigi Buffon (154)
Erfolge	Weltmeister 1934, 1938, 1982, 2006

Italien

Mit vier WM-Titeln und einem EM-Titel gehört die »Squadra Azzurra« zu den erfolgreichsten Fußballnationen der Welt und zählt bei der EM 2016 mal wieder zum Kreis der Favoriten. Doch gab es in den vergangenen Jahren auch große Enttäuschungen. Bei den letzten beiden Weltmeisterschaften musste man bereits nach der Gruppenphase die Segel streichen, und im EM-Finale von Kiew 2012 gab es eine herbe 0:4-Klatsche gegen Spanien.

KADER

Name	aktueller Verein …	in …	Länderspiele
TORHÜTER			
David Forde	FC Millwall	ENG	23
Darren Randolph	West Ham United	ENG	2
Keiren Westwood	AFC Sunderland	ENG	17
ABWEHR			
Ciaran Clark	Aston Villa	ENG	10
Séamus Coleman	FC Everton	ENG	25
Richard Dunne	Queens Park Rangers	ENG	80
Stephen Kelly	FC Reading	ENG	39
Paul McShane	Hull City AFC	ENG	31
Darren O'Dea	Toronto FC	CAN	20
John O'Shea	AFC Sunderland	ENG	101
Sean St. Ledger	Leicester City	ENG	37
Stephen Ward	Wolverhampton Wanderers	ENG	29
Marc Wilson	Stoke City	ENG	20
MITTELFELD			
Keith Andrews	West Bromwich Albion	ENG	35
Robert Brady	Hull City	ENG	10
Darron Gibson	FC Everton	ENG	25
Paul Green	Leeds United	ENG	22
Jeff Hendrick	Derby County	ENG	10
Wes Hoolahan	Norwich City	ENG	18
James McClean	AFC Sunderland	ENG	26
James McCarthy	FC Everton	ENG	24
Aiden McGeady	FC Everton	ENG	73
David Meyler	Hull City	ENG	12
Glenn Whelan	Stoke City	ENG	61
STURM			
Simon Cox	Nottingham Forest	ENG	30
Kevin Doyle	Queens Park Rangers	ENG	61
Robbie Keane	Los Angeles Galaxy	USA	143
Shane Long	Hull City	ENG	50
Jonathan Walters	Stoke City	ENG	30
TRAINER			
Martin O'Neill			

Robbie Keane
Die irische Fußballlegende schlechthin. Ist gelernter Stürmer und Torjäger, lässt sich jedoch auch ins Mittelfeld zurückfallen, um das Spiel seines Teams anzukurbeln. Seit dem Rücktritt von Miroslav Klose der erfolgreichste noch aktive Torschütze aller Nationen.

Gruppe	E
FIFA-Code	IRL
FIFA-Rang	31
Farben	grünes Trikot/weiße Hose oder weißes Trikot/grüne Hose
Ausstatter	Umbro
Rekordtorschütze	Robbie Keane (65)
Rekordspieler	Robbie Keane(143)
Erfolge	WM-Viertelfinale 1990

Irland

Die »Boys in Green« qualifizierten sich in den Playoffs durch ein 1:1 und 2:0 gegen Bosnien-Herzegowina und gehören zu den Außenseitern des Turniers. Dass die kampfstarken Iren, nicht zuletzt auch mithilfe ihrer überaus engagierten Fans, jedoch in der Lage sind, jeden Gegner zu bezwingen, musste Weltmeister Deutschland beim EM-Qualifikationsspiel in Dublin erfahren und sich mit 0:1 geschlagen geben.

KADER

Name	aktueller Verein ...	in ...	Länderspiele
TORHÜTER			
Andreas Isaksson	Kasimpasa	TUR	125
Robin Olsen	PAOK Thessaloniki	GRE	2
Patrik Carlgren	AIK Solna	SWE	0
ABWEHR			
Andreas Granqvist	FK Krasnodar	RUS	46
Alexander Milošević	Beşiktaş Istanbul	TUR	4
Erik Johansson	KAA Gent	BEL	6
Mikael Antonsson	FC Kopenhagen	DEN	27
Martin Olsson	Norwich City	ENG	31
Pierre Bengtsson	FSV Mainz 05	GER	23
Mikael Lustig	Celtic Glasgow	SCO	46
MITTELFELD			
Pontus Wernbloom	ZSKA Moskau	RUS	48
Kim Källström	Grasshopper Club Zürich	SUI	123
Oscar Lewicki	Malmö FF	SWE	6
Gustav Svensson	IFK Göteborg	SWE	3
Sebastian Larsson	AFC Sunderland	ENG	78
Oscar Hiljemark	US Palermo	ITA	6
Abdul Khalili	Mersin Idmanyurdu	TUR	1
STURM			
Erkan Zengin	Trabzonspor	TUR	18
Jimmy Durmaz	Olympiakos Piräus	GRE	27
Emil Forsberg	RasenBallsport Leipzig	GER	11
Ola Toivonen	AFC Sunderland	ENG	45
Zlatan Ibrahimović	Paris Saint-Germain	FRA	111
Marcus Berg	Panathinaikos Athen	GRE	33
John Guidetti	Celta Vigo	ESP	5
TRAINER			
Erik Hamrén			

Zlatan Ibrahimović
Wohl kein anderer Spieler auf der Welt hat so viele spektakuläre Treffer erzielt wie der exzentrische Superstar mit bosnischen Wurzeln. Gegen England gelang »Ibrakadabra« ein Fallrückzieher aus 25 Metern Entfernung. Nach seinem Vorbild gefragt, sagt er: »Ich bin mein eigenes Idol.«

Gruppe	E
FIFA-Code	SWE
FIFA-Rang	35
Farben	gelbes Trikot/blaue Hose oder blaues Trikot/blaue Hose
Ausstatter	Adidas
Rekordtorschütze	Zlatan Ibrahimović (56)
Rekordspieler	Anders Svensson (148)
Erfolge	Vizeweltmeister 1958, EM-Halbfinale 1992

Schweden

Seit der EM-Endrunde 2000 hat sich Schweden als Dauergast bei Europameisterschaften etabliert. Allerdings mussten die Skandinavier diesmal den Umweg über zwei Playoff-Spiele gegen den Nachbarn aus Dänemark nehmen. Angefangen bei ihrem Torwart-Veteran Andreas Isaksson verfügen die »Gelb-Blauen« über ein äußerst erfahrenes Team, das in Frankreich durchaus für Spannung sorgen kann.

KADER

Name	aktueller Verein ...	in ...	Länderspiele
TORHÜTER			
Rui Patrício	Sporting Lissabon	POR	41
Beto	FC Sevilla	ESP	11
Eduardo	Dinamo Zagreb	CRO	35
ABWEHR			
Bruno Alves	Fenerbahçe Istanbul	TUR	83
Pepe	Real Madrid	ESP	68
Fábio Coentrão	AS Monaco	FRA	51
João Pereira	Sporting Lissabon	POR	40
Vieirinha	VfL Wolfsburg	GER	17
Luís Neto	Zenit Sankt Petersburg	RUS	10
Eliseu	Benfica Lissabon	POR	13
Cédric Soares	FC Southampton	ENG	8
MITTELFELD			
André André	FC Porto	POR	4
Danilo Pereira	FC Porto	POR	6
João Moutinho	AS Monaco	FRA	81
Miguel Veloso	Dynamo Kiew	UKR	56
William Carvalho	Sporting Lissabon	POR	14
Rafa	Sporting Braga	POR	4
João Mário	Sporting Lissabon	POR	5
STURM			
Christiano Ronaldo	Real Madrid	ESP	123
Éder	Swansea City	ENG	21
Danny	Zenit Sankt Petersburg	RUS	31
Bernardo Silva	AS Monaco	FRA	5
Nani	Fenerbahçe Istanbul	TUR	91
TRAINER			
Fernando Santos			

Christiano Ronaldo
Kein Zweifel, der beidfüßige, explosive und schussgewaltige Stürmer zählt zu den besten Kickern aller Zeiten. Liefert sich mit Lionel Messi seit Jahren einen werbewirksamen Kampf um den Titel des Weltfußballers, den er dreimal erringen konnte. Markenzeichen: mehrfacher »Übersteiger« und atemberaubende Freistoßtechnik.

Gruppe	F
FIFA-Code	POR
FIFA-Rang	7
Farben	rotes Trikot/rote Hose oder weißes Trikot/blaue Hose
Ausstatter	Nike
Rekordtorschütze	Christiano Ronaldo (55)
Rekordspieler	Luís Figo (127)
Erfolge	WM-Dritter 1966, EM-Zweiter 2004

Portugal

Die »Seleção das Quinas« gehört seit jeher zu den großen Fußballnationen, war bei Europameisterschaften aber oft vom Pech verfolgt. 1984 und 2000 scheiterte man im Halbfinale am späteren Titelträger Frankreich. Und bei der Heim-EM 2004 musste man den bereits sicher geglaubten Titel am Ende dem Sensationssieger Griechenland überlassen.

KADER

Name	aktueller Verein ...	in ...	Länderspiele
TORHÜTER			
Ögmundur Kristinsson	Hammarby IF	SWE	7
Ingvar Jónsson	Sandnes Ulf	NOR	2
Frederik Schram	FC Vestsjaelland	DEN	0
ABWEHR			
Ragnar Sigurdsson	FK Krasnodar	RUS	51
Sverrir Ingi Ingason	KSC Lokeren	BEL	3
Hólmar Örn Eyjólfsson	Rosenborg Trondheim	NOR	3
Kári Árnason	Malmö FF	SWE	45
Birkir Már Saevarsson	Hammarby IF	SWE	54
Hördur Magnússon	AC Cesena	ITA	2
Hjörtur Hermannsson	PSV Eindhoven II	NED	0
Ari Freyr Skúlason	Odense Boldklub	DEN	35
Haukur Heidar Hauksson	AIK Solna	SWE	3
MITTELFELD			
Rúnar Már Sigurjónsson	GIF Sundsvall	SWE	6
Oliver Sigurjónsson	Breidablik Kópavogur	ISL	1
Aron Gunnarsson	Cardiff City	WAL	55
Arnór Ingvi Traustason	IFK Norrköping	SWE	2
Elmar Bjarnason	Aarhus GF	DEN	21
Gylfi Sigurdsson	Swansea City	ENG	35
STURM			
Birkir Bjarnason	FC Basel	SUI	44
Johann Berg Gudmundsson	Charlton Athletic	ENG	43
Alfred Finnbogason	Olympiakos Piräus	GRE	30
Kolbeinn Sigthórsson	FC Nantes	FRA	35
Jón Dadi Bödvarsson	Viking Stavanger	NOR	18
Elías Már Ómarsson	Vålerenga Oslo	NOR	3
TRAINER			
Lars Lagerbäck			

Aaron Gunnarsson
Zieht im Mittelfeld die Fäden und trägt seit 2012 die Kapitänsbinde des Nationalteams. Trug sich in die Chroniken des walisischen Fußballs ein, als er am 25. August 2013 für seinen Verein Cardiff City dessen erstes Tor nach dem Wiederaufstieg in die englische Premier League markierte.

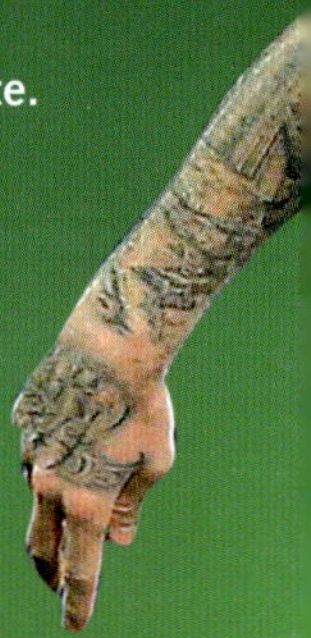

Gruppe	F
FIFA-Code	ISL
FIFA-Rang	36
Farben	blaues Trikot/blaue Hose oder weißes Trikot/ weiße Hose
Ausstatter	Erreà
Rekordtorschütze	Eiður Smári Guðjohnsen (24)
Rekordspieler	Rúnar Kristinsson (104)
Erfolge	EM-Teilnahme 2016

Island

Es ist das erste Mal, dass sich die Isländer für ein großes Turnier qualifizieren konnten. Ihr schwedischer Trainer Lars Lagerbäck verfügt hingegen über umso mehr Turniererfahrung. Er coachte das Team seines Heimatlandes bei den Europameisterschaften 2004 und 2008 sowie bei den Weltmeisterschaften 2002 und 2006. Bei der WM in Südafrika trainierte er das Team von Nigeria.

KADER

Name	aktueller Verein …	in …	Länderspiele
TORHÜTER			
Robert Almer	Austria Wien	AUT	26
Heinz Lindner	Eintracht Frankfurt	GER	7
Andreas Lukse	SC Rheindorf Altach	AUT	0
ABWEHR			
György Garics	SV Darmstadt 98	GER	40
Aleksandar Dragović	FK Dynamo Kiew	UKR	42
Martin Hinteregger	FC Red Bull Salzburg	AUT	9
Christian Fuchs	Leicester City	ENG	71
Markus Suttner	FC Ingolstadt 04	GER	14
Sebastian Prödl	FC Watford	ENG	54
Florian Klein	VfB Stuttgart	GER	32
MITTELFELD			
Stefan Ilsanker	RB Leipzig	GER	11
Zlatko Junuzović	Werder Bremen	GER	44
Marko Arnautović	Stoke City	ENG	48
Florian Kainz	SK Rapid Wien	AUT	1
Karim Onisiwo	SV Mattersburg	AUT	1
Julian Baumgartlinger	1. FSV Mainz 05	GER	41
Marcel Sabitzer	RB Leipzig	GER	15
Jakob Jantscher	FC Luzern	SUI	20
David Alaba	FC Bayern München	GER	42
STURM			
Martin Harnik	VfB Stuttgart	GER	55
Rubin Okotie	TSV 1860 München	GER	13
Lukas Hinterseer	FC Ingolstadt 04	GER	6
Marc Janko	FC Basel	SUI	50
TRAINER			
Marcel Koller			

David Alaba
Philippinische Mutter, nigerianischer Vater, aufgewachsen in Wien. Wird während der EM 24 Jahre alt, hat mit dem FC Bayern aber schon fast alles gewonnen, was es zu gewinnen gibt. Ist von bestechender Vielseitigkeit. Brilliert seit Jahren als offensiver Außenverteidiger, stabilisiert als Innenverteidiger jede Abwehr, ist aber auch ein Weltklassespieler auf der Sechs oder der Zehn. Dank glänzender Schusstechnik zudem ein gefürchteter Freistoßschütze.

Gruppe	F
FIFA-Code	AUT
FIFA-Rang	10
Farben	rotes Trikot/weiße Hose oder weißes Trikot/schwarze Hose
Ausstatter	Puma
Rekordtorschütze	Toni Polster (44)
Rekordspieler	Andreas Herzog (103)
Erfolge	WM-Dritter 1954, EM-Teilnahme 2016

Österreich

Neun Siege und ein Unentschieden bedeuteten den souveränen ersten Platz in der Qualifikationsgruppe G, acht Punkte vor den Russen. Das Team von Marcel Koller hat sich zum ersten Mal auf sportlichem Wege für eine EM qualifiziert und kann in Frankreich unbeschwert aufspielen. Sollte es die Vorrunde überstehen, ist dem offensivstarken und eingespielten Team fast alles zuzutrauen.

KADER

Name	aktueller Verein ...	in ...	Länderspiele
TORHÜTER			
Ádám Bogdán	FC Liverpool	ENG	19
Balázs Megyeri	FC Getafe	ESP	0
Gábor Király	Szombathelyi Haladás	HUN	101
ABWEHR			
Roland Juhász	Videoton FC	HUN	90
Ádám Lang	Videoton FC	HUN	8
Ádám Pintér	Ferencváros Budapest	HUN	19
Vilmos Vanczák	FC Sion	SUI	80
Richárd Guzmics	Wisla Krakau	POL	12
Tamás Kádár	Lech Posen	POL	28
Leandro	Ferencváros Budapest	HUN	16
Attila Fiola	Puskás Akadémia FC	HUN	12
MITTELFELD			
Ádám Nagy	Ferencváros Budapest	HUN	5
Ákos Elek	Changchun Yatai	CHN	37
István Kovács	Videoton FC	HUN	5
Zoltán Gera	Ferencváros Budapest	HUN	86
László Pekár	Puskás Akadémia FC	HUN	0
STURM			
Zoltán Stieber	Hamburger SV	GER	10
Gergő Lovrencsics	Lech Posen	POL	11
Balázs Dzsudzsák	Bursaspor	TUR	75
Ádám Szalai	TSG 1899 Hoffenheim	GER	29
Nemanja Nikolics	Legia Warschau	POL	16
Dániel Böde	Ferencváros Budapest	HUN	10
Tamás Priskin	Slovan Bratislava	SVK	51
Krisztián Németh	Sporting Kansas City	USA	23
TRAINER			
Bernd Storck			

Gábor Király
Der 40-jährige Király ist eine echte Torhüterlegende. In Deutschland bestens bekannt durch seine langjährigen Engagements bei Hertha BSC Berlin und 1860 München. Markenzeichen: graue »Schlabberhose«. 2010 wurde er zu Ungarns Torhüter des vergangenen Jahrzehnts gewählt.

Gruppe	F
FIFA-Code	HUN
FIFA-Rang	20
Farben	rotes Trikot/weiße Hose oder weißes Trikot/weiße Hose
Ausstatter	Adidas
Rekordtorschütze	Ferenc Puskás (84)
Rekordspieler	József Bozsik, Gábor Király (je 101)
Erfolge	Vizeweltmeister 1938, 1954, EM-Dritter 1964

Ungarn

Dreißig Jahre lang mussten die Ungarn warten, um endlich wieder an einem großen Turnier teilnehmen zu dürfen. Dafür gefeiert wurde nicht zuletzt das deutsche Trainer-Trio Bernd Storck, Andy Möller und Holger Gehrke. Bei der EM sehen sie ihr Team als krassen Außenseiter. Die Teilnahme an sich, betont Möller, sei bereits ein »kleines Fußballwunder«.

Bildnachweis

2 imago/GEPA pictures; **4** imago sportfotodienst; **6** Freisteller imago/Schüler, 1.v.o. imago sportfotodienst, 2. v.o. imago sportfotodienst, 3. v.o. imago sportfotodienst, 4 v.o. imago sportfotodienst, 5. v.o. imago/Seskim Photo, 6. v.o. imago/Insidefoto, 7. v.o. imago/Marca, 8. v.o. imago/Moritz Müller; **7** Freisteller imago/BPI, 1. v.o. imago/Richard Wareham, 2. v.o. imago/Eibner Europa, 3. v.o. imago/Belga, 4. v.o. imago/Newspix, 5. v.o. imago/photoarena/Eisenhuth, 6. v.o. imago/BPI, 7. v.o. imago/Kamerapress, 8. v.o. imago/Sven Simon; **8** o imago/Pressefoto Baumann, u imago-Sportfoto; **8/9** o imago/HochZwei/Syndication, Mitte imago-Sportfoto; **9** o imago/Richard Wareham, Mitte imago sportfotodienst, u imago/GEPA pictures; **11** imago-Sportfoto; **12** INTERFOTO / Granger, NYC; **13** o INTERFOTO / TV-Yesterday, u imago-Sportfoto; **14** wp/pd; **14/15** INTERFOTO / Mary Evans; **15** wp/pd; **16** lu imago sportfotodienst, ro imago/Hentschel, ru imago-Sportfoto; **17** l imago-Sportfoto, r imago/PanoramiC; **18** imago-Sportfoto; **19** l imago/Robert Michael, r imago/Eibner; **20** l imago sportfotodienst, r imago sportfotodienst; **21** l imago/flight-pictures, r imago/nph; **22** imago sportfotodienst; **23** l imago-Sportfoto, ro imago sportfotodienst, ru imago-Sportfoto; **24** l imago-Sportfoto, r imago sportfotodienst; **25** imago/Horstmüller; **26** imago-Sportfoto; **27** l imago-Sportfoto, r imago sportfotodienst; **28/29** imago/GEPA pictures, **29** r FIFA; **31** imago-Sportfoto; **32** l aic/olf; **32/33** u aic/olf; **33** o aic/olf, Mitte aic/olf, u wp/Wox-globe-trotter; **34/35** imago/Sportimage; **35** o imago/BPI, Mitte imago/BPI; **36** l imago/BPI, r imago/Colorsport; **37** imago/Sportimage; **38/39** groß imago/PanoramiC; **38** o imago/HochZwei/International, u imago/PanoramiC; **40/41** groß wp/PA; **40** o imago-Sportfoto; Mitte imago-Sportfoto; u imago/PanoramiC; **42/43** groß imago/PanoramiC; **42** o imago-Sportfoto, u imago/Sportimage; **44** l imago/ZUMA Press/Keystone, r imago-Sportfoto; **45** l imago sportfotodienst, r imago sportfotodienst; **46/47** imago/ActionPictures; **48** o imago/objectivo, u imago/photoarena/Eisenhuth; **49** l imago/Eibner, r imago/Schüler; **50** l imago-Sportfoto, r imago-Sportfoto; **51** o imago-Sportfoto, u imago-Sportfoto; **52** o imago/Laci Perenyi, u imago-Sportfoto; **53** o imago sportfotodienst, u imago sportfotodienst; **54** l imago/Moritz Müller, r imago/MIS; **55** l imago/Karina Hessland, r imago/Xinhua; **56** l imago/Ulmer, r imago/Moritz Müller; **57** l imago/ActionPictures, r imago/Fotoarena International; **58** l imago/Thomas Frey, r imago/Team 2; **59** l imago/MIS, r imago/UlmerMüller-Wohlfahrt; **60** o imago/Team 2, u imago/Team 2; **61** o imago/Herbert Bucco, u imago sportfotodienst; **62/63** imago-Sportfoto; **64** imago/Horstmüller; **65** l imago/VI Images, u imago/Ulmer; **66** imago/Catalin Soare; **67** l imago/Richard Wareham, u imago/Gribaudi/ImagePhoto; **68** imago/Camera 4/International; **69** l imago/PanoramiC, u imago/MB Media Solutions; **70** imago/EQ Images; **71** l imago/BPI, u imago/EQ Images; **72** imago/Sportimage; **73** l imago/BPI, u imago/BPI; **74** imago/ITAR-TASS; **75** l imago/Chernykh, u imago/Chernykh; **76** imago/BPI **77** l imago/BPI, u imago/BPI; **78** imago/GEPA pictures; **79** l imago/Newspix, u imago sportfotodienst; **80** imago/Ulmer; **81** l imago/Pressefoto Baumann, u imago/Schüler; **82** imago/ITAR-TASS; **83** l imago/Gribaudi/ImagePhoto, u imago/GEPA pictures; **84** imago/Newspix; **85** l imago/Ulmer, u imago/Newspix; **86** imago/PuzzlePix; **87** l imago/BPI, u imago/ANE Edition; **88** imago/Marca; **89** l imago/Alterphotos, u imago/AFLOSPORT; **90** imago/CTK Photo; **91** l imago/photoarena/Eisenhuth, u imago/Newspix; **92** imago/Seskim Photo; **93** l imago/Seskim Photo, u imago/Seskim Photo; **94** imago/Grubisic; **95** l imago/Domenic Aquilina, u imago/Grubisic; **96** imago/Panoramic International; **97** l imago/Panoramic International, u imago/Kolvenbach; **98** imago/Action Plus; **99** l imago/Insidefoto, u imago/Gribaudi/ImagePhoto; **100** imago/Newspix; **101** l imago/Eibner, u imago/Sportimage; **102** imago/BPI; **103** l imago/Bildbyran, u imago/Kamerapress; **104** imago/ZUMA Press; **105** l imago/AFLOSPORT, u imago/GlobaIlmagens; **106** imago/Ulmer; **107** l imago/BPI, u imago/Newspix; **108** imago/GEPA pictures; **109** l imago/Eibner Europa, u imago/EQ Images; **110** imago/BPI; **111** l imago/Digitalsport, u imago/PuzzlePix

Cover

Vorderseite: Picture Alliance: ol (Avanti Fotografie), or (Augenklick fire/Sportfotografie, Pressefoto Ulmer, Peter Rinderer, GES/Markus Gilliar); Pixathlon: ur (Action Images/dpa); Imago: ul (Photoarena/Eisenhuth).

Rückseite: Picture Alliance: ol (Schirner/Powerplay), oM(HJS-Sportfoto), or (Herbert Rudel), u (Christina Pahnke/Sampics).